As Conchambranças de Quaderna

As Conchambranças de Quaderna

Ilustrações de
Manuel Dantas Suassuna

ℏ

EDITORA
NOVA
FRONTEIRA

Copyright © 2018 Ilumiara Ariano Suassuna
Copyright desta edição © 2018 Editora Nova Fronteira Participações S.A.

Copyright das ilustrações © 2018 Manuel Dantas Suassuna

Direitos de edição da obra em língua portuguesa adquiridos pela EDITORA NOVA FRONTEIRA PARTICIPAÇÕES S.A. Todos os direitos reservados. Nenhuma parte desta obra pode ser apropriada e estocada em sistema de banco de dados ou processo similar, em qualquer forma ou meio, seja eletrônico, de fotocópia, gravação etc., sem a permissão do detentor do copirraite.

EDITORA NOVA FRONTEIRA PARTICIPAÇÕES S.A.
Rua Candelária, 60, 7º andar – Centro – 20091-020
Rio de Janeiro – RJ – Brasil
Tel.: (21) 3882-8200 Fax: (21) 3882-8212/8313

Ilustração de capa: Zélia Suassuna

CIP-BRASIL. CATALOGAÇÃO NA PUBLICAÇÃO
SINDICATO NACIONAL DOS EDITORES DE LIVROS, RJ

S933c

Suassuna, Ariano, 1927-2014
    As Conchambranças de Quaderna / Ariano Suassuna; ilustração Manuel Dantas Suassuna. - 1. ed. - Rio de Janeiro: Nova Fronteira, 2018.
    : il.

ISBN: 9788520942895

    1. Teatro brasileiro (Literatura). I. Suassuna, Manuel Dantas. II. Título.

18-52869   CDD: 869.2
                                    CDU: 82-2(81)

Sumário

Quaderna: o "Riso a Cavalo" e o "Galope do Sonho"	7
Explicação e Dedicatória	17
Primeiro Ato	18
Segundo Ato	56
Terceiro Ato	106
Nota Biobibliográfica	163

Quaderna: o "Riso a Cavalo" e o "Galope do Sonho"
Ester Suassuna Simões

Quando Ariano Suassuna era estudante da Faculdade de Direito do Recife, conheceu, entre outros jovens artistas, Hermilo Borba Filho e José Laurenio de Melo, com quem retomou o Teatro do Estudante de Pernambuco (TEP) em 1946. Foi nesse contexto ainda que foi apresentado à obra do escritor Federico García Lorca, fortemente influenciada pela cultura popular cigana da Andaluzia em conjunto com as tradições do teatro espanhol, e começou a perceber que os elementos da cultura sertaneja que admirava desde menino e que formaram sua visão de mundo possuíam forte potencial para a renovação do teatro brasileiro. Desde então, suas peças retomam folhetos de cordel e entremezes de autoria popular e mesmo os seus poemas dessa época já apresentam essa tendência, depois sintetizada na divisa principal do Movimento Armorial, lançado em 1970: a criação de uma arte erudita brasileira baseada nos elementos da nossa cultura popular.

O seu primeiro texto dramático, *Uma Mulher Vestida de Sol* (1947), é uma tragédia, assim como os que escreveu em seguida — *Os Homens de Barro* (1949) e o *Auto de João da Cruz* (1950). A vertente cômica de sua dramaturgia, que o tornou conhecido e aplaudido no Brasil inteiro, veio mais tarde e encontrou sua motivação poética na relação com Zélia de Andrade Lima Suassuna, sua esposa. Quando ainda eram noivos, Zélia foi visitá-lo em Taperoá acompanhada de alguns familiares. Ariano passava uma temporada no sertão para tratar um problema no pulmão e, para receber sua noiva, escreveu seu primeiro texto cômico, o entremez *Torturas de um Coração ou Em Boca Fechada Não Entra Mosquito* (1951).

Zélia o inspirou a encontrar no riso um caminho possível para a ressignificação dos traumas de infância. Certa vez, Ariano lhe deu como presente de aniversário um livro em cuja contracapa escreveu a seguinte dedicatória: "Para minha amada Zélia, que foi quem permitiu a irrupção, em minha vida, do 'riso-a-cavalo' e do 'galope-do-sonho', devolvendo-me a alegria e a coragem para enfrentar a dura mas fascinante e bela tarefa de viver."

Entre tragédias, comédias, entremezes e mesmo traduções, é impressionante o volume e a qualidade da produção teatral de Suassuna, que escreveu quase todas as suas peças entre 1947 e 1961, ano em que completou 34 anos. O escritor faz em seguida uma longa pausa na escrita do gênero e começa a criar o seu grande *Romance d'A Pedra do Reino* (1971), ao qual dedica doze anos de trabalho. Além do estilo de escrita perfeccionista — que envolvia um processo manuscrito — e da pesquisa exigida pelo trabalho, o longo tempo para a produção do romance revela a complexa construção do narrador, Dom Pedro Dinis Quaderna.

Autodeclarado herdeiro do trono do Brasil e aspirante ao título de gênio da raça brasileira, Quaderna representa com louvor os dois hemisférios que, segundo Suassuna, nos constituem: o Rei e o Palhaço. Com aspirações de nobreza, poder e glória, o Rei Quaderna cria seu próprio estilo literário, que descreve como "o estilo genial, ou régio, o estilo raposo-esmeráldico e real-hermético dos Monarquistas da Esquerda".

O hemisfério Rei é premido pelo sangue, pela honra. O *Romance d'A Pedra do Reino* pode ser lido como uma espécie de redenção pela arte, uma resposta ao absurdo da dor sentida com a perda do pai, assassinado no dia 9 de outubro de 1930 quando o escritor tinha apenas três anos. Isso não quer dizer que não haja espaço para o palhaço que habita Quaderna também. São muitas passagens, no romance, de riso desconcertante.

A face do Palhaço assume uma função redentora. Suassuna dizia que sempre que o Rei ensaiava dominar os seus caminhos e tornar sérios demais os questionamentos da vida, o Palhaço dava uma cambalhota e o presenteava com a leveza e o riso novamente. Na comédia *As Conchambranças de Quaderna* (1987), que marca a volta de Suassuna à dramaturgia, o leitor dá três dessas cambalhotas junto com o personagem principal, nas histórias que apresenta: "O Caso do Coletor Assassinado", "Casamento com Cigano pelo Meio" e "O Processo do Diabo".

A função dessas cambalhotas fica bem clara na introdução à peça publicada nesta edição, em que vemos Quaderna se apresentar enquanto Rei para, ao final, assumir que é a presença do palhaço que garante sua sobrevivência: "Vocês estão diante de um Imperador e Rei, Dom Pedro Dinis Quaderna, o Decifrador-armorial, Gênio da Raça, Monarca da Cultura Brasileira e candidato a Gênio Máximo da Humanidade. Mas, com todas essas grandezas, sou um Rei meio lascado. E liso! Se eu não tomar cuidado, a Burguesia e os poderosos do mundo me lascam mais ainda! Até hoje, à custa de quengadas, conchambranças e picardias, tenho conseguido forçar a Burguesia a me pagar, inclusive para falar mal dela. Assim, enquanto o Reino-de-Deus não chega, com sua Justiça, vou conseguindo furar, abrir caminho e sobreviver, ora me fingindo de leso, ora de doido, ora de Palhaço."

Carlos Newton Júnior explica que "conchambrança" é uma corruptela de "conchamblança", que significa conchavo, ajuste, combinação, e afirma que teria sido na forma de "conchambrança" que Suassuna ouviu a palavra pela primeira vez, no sertão da Paraíba. *As Conchambranças de Quaderna* é a comédia mais recente do escritor e tem na presente edição sua primeira publicação em livro. A peça também integra o volume das comédias do *Teatro Completo* de Ariano Suassuna, publicado pela Editora Nova Fronteira.

É significativa a volta de Suassuna ao teatro no final da década de 1980, após a escrita do *Romance d'A Pedra do Reino* e já no início do longo trabalho de criação do seu último livro, o *Romance de Dom Pantero no Palco dos Pecadores* (2017).

Sabemos, à luz dessa recente publicação, que o projeto da obra que Suassuna chamou de *síntese* envolve uma amplitude de gêneros: o diálogo entre prosa, teatro, poesia, ensaio, desenhos, ou seja, a criação de uma vida, em vida. Em *Dom Pantero*, portanto, reaparecem personagens de outras obras em situações diversas de seus livros de origem. O próprio Quaderna lá está.

As Conchambranças podem ser pensadas como um dos exercícios iniciais para a síntese. Os dois primeiros atos da peça haviam sido originalmente escritos em prosa. Trata-se de duas pequenas narrativas, também protagonizadas por Quaderna, que fazem parte da *Seleta em Prosa e Verso* (1974) organizada por Silviano Santiago, com os títulos "O Caso do Coletor Assassinado" e "O Casamento". O terceiro ato também é uma reescrita, mas a partir de uma peça em redondilha maior (versos de sete sílabas poéticas), *A Caseira e a Catarina* (1961) — nesse caso, a mudança foi mais significativa, pois, além de prosificar os versos, Suassuna substitui o personagem Severino Bisaquinho por Quaderna.

Quaderna, como João Grilo, do *Auto da Compadecida*, e Caroba, de *O Santo e a Porca*, por exemplo, é um armador de situações, um articulador de conchambranças. Ele é um "quengo" no sentido de que resolve situações complicadas em benefício próprio e dos seus a partir de espertezas e pela demonstração de uma sabedoria estratégica. A diferença entre ele e os outros, como bem apontou Bráulio Tavares, é que Quaderna, na função de tabelião e na posição social de afilhado de um homem rico e poderoso, consegue atuar nas estruturas de poder do "Brasil oficial" às quais João Grilo, por exemplo, jamais teria acesso.

Outro elemento que aproxima *As Conchambranças* de várias obras de Suassuna é a presença de questões legais, de elementos ligados ao direito. Acompanha-se o funcionamento de instituições públicas, e também são denunciados desvios de conduta. O autor era, como já foi dito, formado na área do direito e, em muitas de suas peças, há algum julgamento, ou questões relacionadas à herança, à solução ou à punição de um crime. E não só na dramaturgia — a primeira cena do *Romance d'A Pedra do Reino*, por exemplo, se passa em uma cadeia, de onde nos fala Quaderna em seu depoimento de defesa.

O leitor de Suassuna terá, com *As Conchambranças de Quaderna*, a alegria do reencontro com a comédia do escritor e possivelmente a percepção de que, mais do que restrita a uma única obra final, a ideia de unidade perpassava tudo o que ele criava.

Toda a sua produção integra um grande e uno universo simbólico que, apreciado de maneira conjunta, demonstra a criação de uma imensa obra de arte total, em que mesmo vida e obra são sintetizadas. O universo de Suassuna é um convite para o sonho, enquanto marca também questões de uma realidade dura, com a ingerência política, no modo mais crítico que a literatura promove, a união do trágico com o cômico.

As Conchambrajuças
de Quaderna
ou
Primeiras Proezas do Rei do Sertão
no Cartório e Consultório Astrológico
do Reino do Cariri

A peça *As Conchambranças de Quaderna* foi montada pela primeira vez no Recife, no Teatro Valdemar de Oliveira, em 1988, pela Cooperarteatro, sob direção de Lúcio Lombardi, sendo os papéis criados pelos seguintes atores:

PEDRO DINIS QUADERNA *Renato Phaelante*

EVILÁSIO CALDAS *Sérgio Sardou*

DOM PEDRO SEBASTIÃO *Evandro Campelo*

JOAQUIM BREJEIRO *Pedro Henrique de Andrade Dias*

SEU BELO *Eduardo Gomes*

PRESIDENTE DA COMISSÃO DE INQUÉRITO *Elias Mendonça*

CORSINO *Pedro Henrique de Andrade Dias*

PERPÉTUA *Vanda Phaelante*

MERCEDES *Ana Montarroyos*

QUINTINO ESTRELA *Sérgio Sardou*

LAÉRCIO PEBA *Eduardo Gomes*

ALIANA *Marilena Breda*

PEDRO CEGO *Eduardo Gomes*

ADÉLIA *Ana Montarroyos*

JUIZ *Evandro Campelo*

JÚLIA *Vanda Phaelante*

DOUTOR IVO *Sérgio Sardou*

FREI ROQUE *Elias Mendonça*

MANUEL SOUSA *Pedro Henrique de Andrade Dias*

CARMELITA *Marilena Breda*

Explicação e Dedicatória

Das peças que compõem este espetáculo, a primeira, *O Caso do Coletor Assassinado*, é baseada num fato real, que me foi narrado pelo escritor Wilson Lins. A segunda, *Casamento com Cigano pelo Meio*, também se fundamenta em acontecimento verdadeiro, a mim contado por meu tio materno, Manuel Dantas Villar. A terceira, *O Processo do Diabo*, foi escrita, a pedido de Hermilo Borba Filho, a partir de uma notícia saída em jornal. Com terrível sentimento de perda pessoal, o Autor dedica *As Conchambranças de Quaderna* à memória de três pessoas que exerceram grande influência em sua formação: o Poeta espanhol Federico García Lorca, que morreu assassinado por causa do amor que tinha a seu País e a seu Povo, nossos também; o Cantador e Violeiro nordestino Dimas Batista; e o romancista, dramaturgo e encenador pernambucano Hermilo Borba Filho.

A.S.

PRIMEIRO ATO

O cenário, feito de sete panos pintados — um, maior, ao fundo e seis menores, três à direita e três à esquerda — sugere uma sala com seis saídas. Os móveis, objetos e pertences vão variando de acordo com a ação, mas devem, também, guardar unidade com o resto. No pano de fundo, desenhado, um letreiro:

1º CARTÓRIO DE NOTAS
Tabelião: Pedro Dinis Ferreira-Quaderna

MESA DE RENDAS E COLETORIA FEDERAL
Coletor: Pedro Dinis Ferreira-Quaderna

CASA DOS HORÓSCOPOS
Consultório Sentimental e Astrológico
de
DOM PEDRO DINIS QUADERNA, O DECIFRADOR ARMORIAL
Rei do Sete-Estrelo do Escorpião,
Monarca da Cultura Índia, Negro-Castanha
e Árabe-Ibérica do Brasil,
Conde da Pedra do Reino,
Mestre em Astrologia Onomântica,
Profeta da Astrologia Transcendental,
Amante e Amador de Ciências Ocultas
e único Astrólogo e Rei, no Mundo, a possuir a
Maravilhosa Máquina Paraibana APARELHO
DE GRAFOLOGIA MENTAL.

Bandeiras, sóis, luas, estrelas e crescentes. Nada, no cenário, que lembre riqueza, Idade Média, Europa ou um falso Oriente. É o Cartório-e-Consultório de um Rei e Astrólogo-sertanejo, ligado aos espetáculos de Circo pobre ou de Auto dos Guerreiros, de modo que os estandartes e bandeiras são como as insígnias do Povo em seus espetáculos — pobres e belas ao mesmo tempo. O espetáculo deve começar com a cortina fechada. Fora dela, num tamborete baixo, do lado esquerdo, um Manto, uma Coroa e um Cetro, cobertos por um pano: devem, a princípio, ficar ocultos do público que somente tomará conhecimento deles depois de uma referência expressa de Quaderna, que então os descobrirá, com gestos de mágico que revela qualquer coisa, de surpresa. Tudo no escuro. Um facho de luz ilumina Quaderna, que está vestido de roupa cáqui, com alpercatas de couro, da cor da roupa. E então, Quaderna se dirige ao público. O ator não fique em pânico com o tamanho da fala. Pode dizê-la devagar, porque, se a frase tiver interesse e for dita no ritmo conveniente, o público lhe dá a devida atenção, reflete e se diverte com ela. Mas se o ator, aflito, começa a correr com as palavras — com risco até de perder o fôlego —, o público sente sua aflição, aflige-se também, e aí "nem mel nem cabaça".

***

QUADERNA

    Nobres Senhores e belas Damas que me ouvem!
    Dirijo-me aos Africanos, aos Índios, Ibéricos, Mestiços,

Árabes, Asiáticos e Latino-americanos, isto é, a todos os Brasileiros do mundo! Toda a minha Obra é uma espécie de Confissão-geral, uma Apelação — um apelo ao coração magnânimo de Vossas Excelências. E, sobretudo, uma vez que as mulheres têm sempre o coração mais brando, esta é uma solicitação dirigida aos brandos peitos, às brandas excelências de todas as mulheres que me ouvem! Escutem, pois, nobres Senhores e belas Damas de peitos brandos, alguns episódios de minha triste, terrível e acidentada história! Porque minha vida é um Romance: uma espécie de mistura de Folheto-cangaceiro com um Romance-de-amor, um Folheto-de-quengada, um Romance-de-profecia-e-assombração e um Folheto-de-safadeza-e-putaria! Sou um grande apreciador do jogo do Baralho. Por isso, o mundo me parece uma mesa, um palco; e a vida, uma representação, um jogo. Na luta entre Ases e Reis de um lado; de Peninchas, Peões, Curingas e Palhaços do outro, estou do lado dos Peões — dos oprimidos e explorados do mundo. Mas esse emprego de Paladino do Povo é incômodo que só a peste! Vocês estão diante de um Imperador e Rei, Dom Pedro Dinis Quaderna, o Decifrador-armorial, Gênio da Raça, Monarca da Cultura Brasileira e candidato a Gênio Máximo da Humanidade. Mas, com todas essas grandezas, sou um Rei meio lascado.

E liso! Se eu não tomar cuidado, a Burguesia e os poderosos do mundo me lascam mais ainda! Até hoje, à custa de quengadas, conchambranças e picardias, tenho conseguido forçar a Burguesia a me pagar, inclusive para falar mal dela. Assim, enquanto o Reino-de-Deus não chega, com sua Justiça, vou conseguindo furar, abrir caminho e sobreviver, ora me fingindo de leso, ora de doido, ora de Palhaço. Este é, portanto, um dos inumeráveis motivos que tenho para me vestir assim, marcando os papéis, de Rei ou de Palhaço, que tenho a desempenhar. Minhas roupas têm uma função religiosa, política, filantrópica e litúrgica. Eu, no dia a dia, só uso cáqui, azul e branco. Cáqui, porque é a cor da terra parda do Sertão, do Nordeste, do Brasil, da África, da Ásia, da América Latina. Azul e branco, porque são as cores do povo pobre do mundo, do povo do Arraial de Canudos e das Favelas; e também porque, apesar de safado, sou devoto de Nossa Senhora. Outra coisa: não reparem não, mas, no meu mundo, o Cristo é negro e o Diabo é branco. Nos momentos em que estou desempenhando o papel de Rei, Astrólogo e Consultor-sentimental, uso Coroa, Cetro e Manto, para, como padre, confessor e Profeta, dispensar às mulheres desconsoladas, aflitas, solitárias e necessitadas, alguns dos sacramentos mais carinhosos do meu Catolicismo-sertanejo. O Cetro e a Coroa vêm do Auto dos Guerreiros. O Manto, tem as cores da parte Católica e da parte Negra-e-Vermelha da minha santa Fé: o azul com cruzes brancas de um lado, e o vermelho com crescentes de ouro, do outro. Agora, quando vou desempenhar minhas funções de Escrivão, Coletor e Serventuário da Justiça, aí o casaco que uso no comum se abre e mostra a camisa com colarinho e gravata que a Burguesia, idiota como sempre, considera indispensáveis para o exercício de qualquer autoridade. Hoje, aqui, a primeira parte da Farsa e Drama-de-Circo que se vai apresentar é sobre isso: uma das conchambranças de que tive de me valer na luta pela sobrevivência; para marcar mais um ponto, mais uma vitória no combate que, como Paladino dos Povos magros, escuros e famintos, eu travo contra os brancosos, os ricos, os poderosos e burgueses do mundo inteiro. E vamos ao espetáculo: "O Caso do Coletor Assassinado"!

Abre-se o pano. Em penumbra, QUADERNA e EVILÁSIO dirigem-se para seus lugares, sentando-se. A luz sobe para o normal.

EVILÁSIO

Seu Padrinho não falou claramente o que queria de mim não?

QUADERNA

> Não. Mandou chamar o senhor e o pessoal da
> Comissão de Inquérito que chegou da Capital. Disse
> que eu trouxesse o senhor para cá, mas que deixasse
> o pessoal da Comissão aí fora. Ele vai falar com a
> Comissão, mas só depois de conversar com o senhor.

EVILÁSIO

> O que será que ele quer conversar comigo? Será
> para me nomear Tabelião? Dom Pedro Sebastião,
> nosso Chefe, me prometeu que, assim que pudesse,
> mandava me nomear Tabelião, para que eu,
> acumulando os emolumentos do Cartório com
> os da Mesa de Rendas, aumentasse um pouco os
> rendimentos para sustentar a família. O 1º Cartório é
> seu. O 3º é de Seu Belo. Mas o 2º está vago. Será que
> ele quer me nomear para esse?

QUADERNA

> Não sei não, Seu Evilásio. Ele me disse apenas que era
> um assunto urgente e de extrema gravidade.

EVILÁSIO

> Meu Deus!

QUADERNA

> O senhor se acalme, Seu Evilásio! Quem não deve, não
> teme!

EVILÁSIO

> *(Sem convicção.)* É, quem não deve, não teme! Ele vem só?

QUADERNA

Acho que não.

EVILÁSIO

Por quê?

QUADERNA

Quando eu ia saindo, ouvi meu Padrinho chamar por Joaquim Brejeiro para vir com ele.

EVILÁSIO

Minha Nossa Senhora! Entre os cabras da fazenda de seu Padrinho, Joaquim Brejeiro é o mais perigoso!

QUADERNA

Calma, homem, segure as pregas! Eu não acredito que meu Padrinho tenha chamado Joaquim Brejeiro por sua causa não! No meu entender, foi por causa da Comissão: meu Padrinho está achando que o fato do Governo mandar para aqui uma Comissão de Inquérito, é uma tentativa para desmoralizar a autoridade dele!

EVILÁSIO

É, deve ser por isso que ele chamou Joaquim Brejeiro!

QUADERNA

(Erguendo-se, respeitoso.) Meu Padrinho!

EVILÁSIO

(Dando um salto da cadeira.) Chefe!

Entra Dom Pedro Sebastião Garcia--Barretto. É um homem de fisionomia fechada e severa, alto, elegante, corpulento, com a cara barbada e profética, vestido de preto com colete cinza e calçado com botinas meio antiquadas, dessas que são encimadas por polainas emendadas no couro e não superpostas. Ele representa a Aristocracia rural da qual se originou QUADERNA, mas que vai, aos poucos, sendo traída e abandonada por este em favor do Povo. Em todo caso, entre a Aristocracia rural e a Burguesia urbana — representada, na peça, pela Comissão de Inquérito —, QUADERNA prefere a primeira, e se vale dessa preferência real e sincera para seus planos, na linha do que afirmou em sua fala inicial. DOM PEDRO SEBASTIÃO traz, numa das mãos, uma bengala, e na outra, um jornal. JOAQUIM BREJEIRO, armado de rifle, vem com ele. QUADERNA ajeita para o Padrinho uma cadeira que mais parece um trono.

QUADERNA

Sente-se aqui em sua cadeira, meu Padrinho! A bênção?

DOM PEDRO SEBASTIÃO

Deus o abençoe, Dinis, meu afilhado! *(Senta-se. Depois de uma pausa, duro, terrível.)* Seu Evilásio Caldas, o que foi que o senhor andou fazendo para me matar de vergonha?

EVILÁSIO

(De pé, pálido, gaguejando.) Eu? Eu, Chefe?

DOM PEDRO SEBASTIÃO

    Sim, o senhor! *(Atira-lhe o jornal à cara. SEU EVILÁSIO, morto de medo, vai arriar na cadeira mais próxima.)* Levante-se! Um ladrão da sua marca não tem mais o direito de se sentar na presença das pessoas de bem!

EVILÁSIO

    (Erguendo-se de novo, num pulo.) Mas Chefe! Ladrão? *(Abaixa a cabeça.)*

DOM PEDRO SEBASTIÃO

    Sim senhor, foi *ladrão* que eu disse! O jornal do Governo fala, aí, que você deu um desfalque na Mesa de Rendas! Foi nomeada uma Comissão de Inquérito que já chegou a Taperoá e está aí fora, esperando pelo senhor! Felizmente recebi o jornal a tempo, senão teria sido apanhado de surpresa! E então? O que é que o senhor tem para me dizer? Você deu o desfalque?

EVILÁSIO

    (Cauteloso, apavorado, tateando o assunto.) Bem, Chefe, desfalque, desfalque *mesmo*, eu não dei não!

DOM PEDRO SEBASTIÃO

    E desfalque sem ser *desfalque mesmo*, deu? O que foi que o senhor andou fazendo para cobrir sua família e seus amigos de vergonha?

EVILÁSIO

Chefe, a única coisa que eu fiz foi tomar um dinheiro emprestado à repartição que eu administro, a Mesa de Rendas, a Coletoria!

DOM PEDRO SEBASTIÃO

Dinheiro emprestado, seu cabra sem vergonha? E a Mesa de Rendas, uma repartição pública, pode emprestar dinheiro assim?

EVILÁSIO

(Deixando escapar sem querer.) Tanto pode, que emprestou!

DOM PEDRO SEBASTIÃO

(Enfurecido.) Cale-se, seu irresponsável! Faz uma canalhice dessas e ainda vem com galhofas na hora de prestar contas? Você, melhor do que ninguém, podia avaliar a gravidade do crime que estava cometendo! Não por você, que não se dá a respeito! Mas por mim, que sou seu protetor e padrinho de sua filha! Coitada dela, com o pai ladrão que foi arranjar! Todo mundo sabe que você é protegido meu e que o Governo só me engole à força! O Governo anda doido para me derrubar. E é numa hora dessas que o senhor, irresponsavelmente, dá ao Governo um pretexto para isso? Quanto foi que o senhor tirou, do dinheiro do Estado?

EVILÁSIO

Chefe, o senhor não se zangue comigo não, mas deve ter sido aí uns mil contos!

DOM PEDRO SEBASTIÃO

Meu Deus, uma fortuna! Nunca esperei isso de um protegido meu! Até agora, meus inimigos tinham me acusado de proteger assassinos, mas ladrões não, ninguém tinha esse direito! O senhor não tem vergonha de se apropriar assim, desonestamente, do dinheiro público, não?

EVILÁSIO

Chefe, era só um adiantamento!

DOM PEDRO SEBASTIÃO

Adiantamento! Adiantamento de mil contos?

EVILÁSIO

O primeiro pedaço de dinheiro que eu tirei era pequeno, não chegava nem a cinquenta contos, e eu ia repor, logo, o dinheiro, no cofre da Coletoria! O diabo foi que apareceu, logo ali também, uma despesa nova, com o casamento de minha menina, sua afilhada! E eu lancei mão de mais trinta contos!

DOM PEDRO SEBASTIÃO

Me pedisse! Eu nunca lhe neguei dinheiro emprestado!

EVILÁSIO

Chefe, eu tive vergonha!

Dom Pedro Sebastião

Ah, teve vergonha! Teve vergonha de me procurar, e não teve de furtar o dinheiro público!

Evilásio

Eu não queria que parecesse que eu só tinha chamado o senhor para padrinho de minha filha para arranjar essas ajudas! Aí, depois do casamento da menina, comecei a me apertar com as despesas. Veio a seca, e eu, em vez de repor, tive foi que tirar outro pedaço, ainda maior, de dinheiro. E foi assim, de pedaço em pedaço, que terminei chegando nos mil contos! Mas eu pretendia pagar tudo!

Dom Pedro Sebastião

Infeliz, todo mundo que dá desfalque, é assim que começa! Vai tirando, tirando, e, quando abre os olhos, está tudo perdido e ele com nome de ladrão!

Evilásio

Chefe, eu sei que fiz errado, que causei um mal muito grande a mim, à minha família e ao senhor! Mas, pelo amor de Deus, acredite que eu queria pagar! Acredite, pelo menos nisso acredite! Tentei ir repondo o dinheiro, com a venda de umas terrinhas que possuía e que fui vendendo aos poucos! Tanto assim, que cheguei a pagar quase duzentos contos! Sim, é isso, minha dívida, agora, deve ser somente de uns oitocentos contos, mais ou menos!

Dom Pedro Sebastião

E o que é que adianta isso? Dinheiro furtado, tanto faz mil, como oitocentos, como cem contos, é tudo a mesma coisa! Para a Comissão, não interessa saber se você repôs um pedaço ou não. Nem para mim, também! O que eu quero saber é como vai ser agora! A Comissão está aí fora. Eu lhe pergunto: o senhor tem o dinheiro para repor no cofre público?

Evilásio

Tenho não, Chefe!

Dom Pedro Sebastião

E como é que vai ser?

Evilásio

O senhor é quem sabe!

Dom Pedro Sebastião

Eu? E fui eu que tirei o dinheiro? Olhe, Evilásio, eu não vou dar nem um passo pra defender você! Eu pensava que você era inocente, que não tinha culpa! Mas se tem, você é quem vai pagar e responder por ela!

Evilásio

O que é que eu posso fazer então, Chefe? É mandar a Comissão entrar, confessar o que aconteceu e aguentar as consequências!

Dom Pedro Sebastião

Inclusive a cadeia?

Evilásio

> Inclusive a cadeia, se não tiver outro jeito!

Quaderna

> Meu Padrinho, o senhor me permite uma sugestão?

Dom Pedro Sebastião

> Sugestão, Dinis? E que sugestão pode dar resultado numa canalhice dessas?

Quaderna

> Se o senhor me ouvir dois minutos pode ser que se ache um caminho para pelo menos nós nos sairmos menos mal do caso. Mas tem que ser em particular.

Dom Pedro Sebastião

> Está bem, concedo os dois minutos. Nesta sala aí de junto tem algum cofre com dinheiro, Dinis?

Quaderna

> Não senhor! Tem na outra, na de lá!

Dom Pedro Sebastião

> Então Evilásio pode esperar nesta daí! Vá, seu moleque, e só volte quando nós chamarmos!
> *(Sai Evilásio.)* E então? O que é que você tem para me dizer?

Quaderna

> Meu Padrinho, não podemos consentir que Seu Evilásio Caldas seja demitido, desmoralizado e preso, de jeito nenhum! Esse pessoal do Governo quer atingir é o senhor, por meio dele!

Dom Pedro Sebastião

Isso é verdade, também acho. Mas que jeito eu posso dar? Roubar, ele mesmo confessa que roubou. Só se eu repusesse o dinheiro na Coletoria. Cheguei a pensar nisso. Não por causa desse irresponsável do Evilásio: por mim mesmo, por meu nome, por minha autoridade! Mas, por falta de sorte, mandei hoje um dinheiro para Campina Grande, de modo que estou aqui sem um tostão, no cofre. Só se eu tomar dinheiro emprestado aí a uma porção de amigos até juntar os oitocentos contos. Mas será que os amigos de confiança estão em condições de arranjar tanto dinheiro assim de repente?

Quaderna

Não dá certo não, meu Padrinho! Se o senhor começa a pedir o dinheiro a um e a outro, a história transpira, se espalha, e aí a Comissão vai saber de tudo, mesmo que se reponha o que Seu Evilásio tirou. Temos outro caminho que eu penso que vai resolver tudo melhor.

Cena de mímica, que deve ser representada sem muito exagero. QUADERNA, depois de olhar JOAQUIM BREJEIRO cautelosamente, aproxima-se do Padrinho com jeito misterioso, encosta a boca em sua orelha e cochicha. DOM PEDRO SEBASTIÃO, de repente, afasta a cabeça e olha, espantado, para QUADERNA. Este faz-lhe sinal de calma, calma, e cochicha de novo em sua orelha. Novo olhar, cada vez mais espantado, de Dom Pedro Sebastião para o afilhado, como se somente então estivesse começando a avaliá-lo em sua devida importância. A cena se repete duas ou três vezes, e então o Padrinho começa a dar mostras de concordância.

Quaderna

Entendeu?

Dom Pedro Sebastião

Entendi. Talvez seja a solução, mesmo! Mas não seria melhor você mesmo fazer tudo, através de seu Cartório? Aí, ficaria tudo em família!

Quaderna

Não pode ser não, meu Padrinho! Sabendo-se que sou seu sobrinho e afilhado, todo mundo iria desconfiar. É melhor que o outro Tabelião, Seu Belo, faça tudo.

Dom Pedro Sebastião

É verdade! Pois está bem. Vou seguir seu conselho, e, se tudo der certo, você terá merecido uma recompensa à altura!

Quaderna

O senhor me dá carta branca para agir?

Dom Pedro Sebastião

Dou!

QUADERNA

Quero mais do que uma carta branca comum: o que eu quero é que o senhor confirme tudo o que eu mandar e exija segredo de todo mundo! Segredo absoluto, sob pena de morte! Posso contar com o senhor?

DOM PEDRO SEBASTIÃO

Pode, vamos lá!

QUADERNA

Outra coisa: o senhor não estranhe não, mas, para o que vou fazer agora, preciso me vestir de Astrólogo e Profeta do Catolicismo-sertanejo!

DOM PEDRO SEBASTIÃO

Dê-se a respeito, meu afilhado!

QUADERNA

(Vestindo o Manto.) O Senhor é um grande Fazendeiro e pode viver se dando a respeito o tempo todo, eu não! Pronto! *(Mais alto.)* Joaquim Brejeiro, meu Padrinho quer que você vá chamar, aqui, o Tabelião, Seu Belo! Diga a Seu Belo que traga a caneta, o carimbo e aqueles dois livros maiores, do Cartório!

JOAQUIM BREJEIRO olha para DOM PEDRO SEBASTIÃO que, com um gesto de mão, indica que ele vá. Sai JOAQUIM BREJEIRO.

QUADERNA

> *(Indo à porta por onde EVILÁSIO saiu.)* Seu Evilásio! Meu Padrinho está chamando o senhor, pode voltar!

EVILÁSIO

> *(Voltando.)* Às suas ordens, Chefe!

DOM PEDRO SEBASTIÃO

> Seu Evilásio, meu afilhado Dinis, aqui, me deu, para seu caso, uma orientação que achei boa, de modo que resolvi seguir o conselho dele. D'agora em diante, o senhor vai ouvir a palavra dele como se fosse a minha, ele é quem vai mandar em tudo e todos vão obedecer como se fosse a mim. Está de acordo?

EVILÁSIO

> Estou, Chefe. Deus me livre de não atender a uma orientação do senhor!

DOM PEDRO SEBASTIÃO

> *(Enfarruscado.)* Isso, quando não existe um cofre perto, não é, Evilásio?

EVILÁSIO

> Chefe, me permita somente uma palavra: estou ficando inquieto! Cadê Joaquim Brejeiro? Eu posso saber o que foi que o senhor resolveu a meu respeito? Qual vai ser meu destino, Chefe?

DOM PEDRO SEBASTIÃO

> O senhor cale-se e espere!

QUADERNA

Joaquim Brejeiro vem aí, com Seu Belo!

Entram os dois, o Tabelião com os objetos recomendados.

QUADERNA

Sente-se, Seu Belo! Bote os livros em cima da mesa e sente-se aqui nesta cadeira para ir escrevendo o que eu ditar. Em condições normais, eu teria pedido que o senhor trouxesse o Escrevente, mas o assunto é sigiloso demais e quanto menos gente melhor. Aliás, sendo o senhor Tabelião juramentado, é até melhor que tudo seja escrito pelo senhor mesmo!

DOM PEDRO SEBASTIÃO

Seu Belo, o que vai se passar aqui é coisa séria, de modo que o assunto não pode passar destas quatro paredes, está me ouvindo?

SEU BELO

Estou ouvindo, pois não! *(Inclina-se, respeitoso.)* O senhor pode confiar em mim, porque, tratando-se de segredos, eu sou um túmulo!

QUADERNA

Hoje, aqui, o senhor vai ser *um túmulo* muito mais do que imagina, Seu Belo! Bem, estamos todos avisados: se transpirar uma palavra do que se passou aqui, meu Padrinho já sabe que foi um de nós que contou a história e manda matar o falastrão.

DOM PEDRO SEBASTIÃO

Mando mesmo! Não vou nem perder tempo apurando quem foi que falou não: mando matar todos, estão ouvindo?

EVILÁSIO e SEU BELO

Estamos, sim senhor!

QUADERNA

Bem, contamos com o silêncio de todos, no próprio interesse da vida de vocês! Seu Belo, o senhor conhece este homem aí, não conhece?

SEU BELO

Conheço!

QUADERNA

Pois bem! Esse homem era correligionário nosso, nosso amigo e nosso protegido! Ele deve tudo a meu Padrinho, que foi quem arranjou para ele o lugar de Coletor, de administrador da Mesa de Rendas. Meu Padrinho gostava tanto dele que ainda ia conseguir sua nomeação para o Cartório que está vago! Pois bem: com todas essas obrigações e favores que nos devia, esse homem aqui, Seu Evilásio Caldas, tirou dinheiro da Mesa de Rendas, colocando meu Padrinho numa situação muito ruim diante desse Governo que terá a maior alegria em nos desmoralizar!

A Comissão de Inquérito está aí, esperando: vai investigar os atos desonestos desse homem! E agora passo a me dirigir ao senhor, Seu Evilásio Caldas! O senhor, levianamente, tirou mil contos do dinheiro do Estado! É verdade que pretendia pagar, mas não fez isso a tempo e agora a Comissão vai terminar apurando tudo! Assim, o senhor deve reconhecer aqui, oficialmente, diante do Tabelião, que, se meu Padrinho não tomar uma providência enérgica, hoje mesmo o senhor vai ser suspenso de suas funções, demitido e preso! O senhor reconhece isso?

EVILÁSIO

Reconheço!

QUADERNA

Como?

EVILÁSIO

Reconheço, sim senhor!

QUADERNA

Bem, por outro lado, demitido e preso é o que meu Padrinho não pode admitir que o senhor seja! Primeiro, porque se o senhor for preso e demitido, sua família vai ficar, toda, nas costas dele, e meu Padrinho não matou pagão nenhum pra ser condenado desse jeito! Depois, o fato é que o Governo quer atingir é a meu Padrinho, através do senhor! E isso nós não vamos consentir de maneira nenhuma, não é, meu Padrinho?

Dom Pedro Sebastião

Ah, é, isso eu não consinto de forma nenhuma!

Evilásio corre para ele, jubiloso, e tenta beijar-lhe a mão, mas Dom Pedro Sebastião empurra-o.

Dom Pedro Sebastião

Vá pra lá! O que eu tenho para lhe dizer, vem depois!

Quaderna

É verdade, é preciso que tudo fique bem claro! Sim, Seu Evilásio, porque não é possível reparar a indignidade que o senhor cometeu. Nem é possível permitir que o senhor seja preso — o que iria desmoralizar a autoridade de meu Padrinho. Sendo assim, nós só encontramos uma solução para seu caso: vamos mandar matar o senhor, Seu Evilásio!

Evilásio

(Gaguejando, apavorado.) O quê? Vão fazer o quê?

Quaderna

Matar, matar o senhor.

Joaquim Brejeiro maneja o rifle, colocando a bala na agulha. Ao ver isso, Evilásio se ajoelha.

EVILÁSIO

    Chefe, pelo amor de Deus não faça uma coisa dessas não!

DOM PEDRO SEBASTIÃO

    Olhe a idiotice dele! Faz a vergonheira que fez e ainda fica feito um idiota, ajoelhado, pedindo misericórdia! Mas me diga mesmo, Seu Belo, o que é que eu posso fazer senão isso! Me diga mesmo, Seu Belo: eu tenho outro caminho?

SEU BELO

    Chefe, eu não queria que o senhor pedisse meu voto nessa história não! Isso é uma eleição muito complicada pra um cidadão pacato como eu votar!

DOM PEDRO SEBASTIÃO

    Está tirando o corpo fora, é? Seu Belo, ou o senhor está do lado dele ou do meu! Eu não tenho o dinheiro hoje, nem fui eu que roubei. Ele, que roubou, não tem o dinheiro pra repor na Coletoria! O senhor, por acaso, tem o dinheiro?

SEU BELO

    Não senhor!

DOM PEDRO SEBASTIÃO

    Então me diga se eu tenho outro caminho!

SEU BELO

    É, parece que o único jeito é esse! Mas quando é que o senhor pretende executar Seu Evilásio, Chefe?

DOM PEDRO SEBASTIÃO

>Agora mesmo! Foi para isso que mandei chamar vocês!

EVILÁSIO

>*(A ponto de morrer de medo.)* Mas Chefe, pelo amor de Deus!

DOM PEDRO SEBASTIÃO

>Cale a boca, seu irresponsável! Fui eu que indiquei você para o cargo e você me envergonhou para o resto da vida. Não tem direito de fazer queixa nenhuma!

SEU BELO

>*(Timidamente.)* Chefe, eu também devo tudo o que sou ao senhor! Mas também acho que tenho sido, todos estes anos, para o senhor, um servidor fiel, não tenho?

DOM PEDRO SEBASTIÃO

>Tem sim, Seu Belo.

SEU BELO

>Pois então, em nome disso, peço ao senhor pela vida de Seu Evilásio!

DOM PEDRO SEBASTIÃO

>Não pode ser não, Seu Belo! O senhor mesmo reconheceu, ainda agora, que eu não tenho outro caminho.

Seu Belo

> Então, pelo menos, mande matar Seu Evilásio mais tarde, e noutro lugar! Eu tenho horror a essas coisas! Deixe a morte dele para outra hora!

Dom Pedro Sebastião

> Também não pode ser não, Seu Belo. A Comissão está esperando e eu não posso adiar a morte de jeito nenhum!

Joaquim Brejeiro

> E como é que vai ser a morte do homem? De tiro ou de faca? Pergunto, por causa do barulho. Sou eu que vou matar Seu Evilásio?

Quaderna

> Não! Quem vai matar Seu Evilásio é Seu Belo!

Seu Belo

> *(Horrorizado.)* Eu? Pelo amor de Deus, Chefe! Eu sou um pai de família, tenho horror a essas coisas de crime e sangue!

Quaderna

> Calma, Seu Belo! O senhor não vai derramar o sangue de ninguém não! Nós vamos matar Seu Evilásio Caldas é oficialmente, tabelionicamente. Lavre a certidão de óbito dele!

Seu Belo

> Lavrar a certidão? Agora? Antes do óbito?

QUADERNA

(Paciente.) A certidão é que vai ser o óbito, Seu Belo! O senhor lavra a certidão com data de quatro ou cinco dias atrás e o inquérito se encerra, pela morte do acusado! É o único jeito desse desgraçado escapar da cadeia sem que a desonra dele desmoralize meu Padrinho!

Novamente EVILÁSIO corre e tenta beijar as mãos de DOM PEDRO SEBASTIÃO, que o repele severamente.

DOM PEDRO SEBASTIÃO

Vá pra lá, já disse! Com o senhor, eu me entendo depois, e essa o senhor me paga!

QUADERNA

Lavre a certidão, Seu Belo! Aqui, nesta folha separada! Depois o senhor copia no livro!

SEU BELO senta-se à mesa e começa a escrever. A certa altura, interrompe a escrita.

SEU BELO

Chegou a hora da *causa mortis*. O que é que eu escrevo?

DOM PEDRO SEBASTIÃO

(De mau humor.) Hein?

SEU BELO

>Que causa eu escrevo aqui como tendo sido a da morte de Evilásio?

DOM PEDRO SEBASTIÃO

>Escreva "safadeza e falta de caráter"!

SEU BELO

>*(Obediente.)* Safadeza e falta de caráter...

DOM PEDRO SEBASTIÃO

>Que maluquice é essa, Seu Belo? Invente, aí, uma *causa mortis* qualquer e escreva na certidão!

SEU BELO

>*Angina pectoris*, está bem?

DOM PEDRO SEBASTIÃO

>Está, está! Para matar esse peste, qualquer desgraça serve!

Seu Belo conclui, assina e enxuga a tinta com mata-borrão.

QUADERNA

>Está tudo pronto e em ordem?

SEU BELO

>Está, sim senhor!

QUADERNA

>Então entrem os dois pr'ali! Só voltem quando eu chamar e depois da saída da Comissão!

Os dois vão saindo. De passagem, EVILÁSIO não se contém.

EVILÁSIO

    A bênção, Chefe?

DOM PEDRO SEBASTIÃO

    Deus lhe dê o que você não tem: juízo e vergonha! *(Os dois entram numa das salas.)* Dinis, mande entrar a Comissão!

QUADERNA sai e volta com três sujeitos vestidos de modo formal e pretensioso. Um deles, tentando se fazer simpático, aproxima-se de JOAQUIM BREJEIRO.

INTEGRANTE DA COMISSÃO

    Você é que é o famoso Joaquim Brejeiro? *(Silêncio.)* Já ouvi falar muito em você! *(Silêncio.)* Isto é um rifle? *(Silêncio.)* Pra que é esse rifle, pra matar gente? Você tem coragem, mesmo, de matar uma pessoa?

JOAQUIM BREJEIRO

    Não é questão de coragem não, é mais é de costume!

O homem da cidade afasta-se prudentemente.

DOM PEDRO SEBASTIÃO

    Quem é o Presidente da Comissão?

PRESIDENTE

Sou eu!

DOM PEDRO SEBASTIÃO

Com que fim e com que direito os senhores vieram pr'aqui, pra minha terra, sem meu chamado e sem minha ordem?

PRESIDENTE

(Meio atarantado.) Viemos porque o Governo...

DOM PEDRO SEBASTIÃO

(Interrompendo.) O Governo? E eu devo nada a Governo! Ouvi dizer que o Governador ameaçou, ele mesmo, de vir cá falar comigo, foi?

PRESIDENTE

Foi!

DOM PEDRO SEBASTIÃO

Pois diga a ele que venha! Venha e traga a Polícia de merda dele! Porque, se ele vier sozinho, não preciso nem chamar meus cabras: mando uma comadre velha que eu tenho cuidar dele. Ela tem um putruco de faca, assim, e dá vinte facadas nesse governadorzinho, uma em cima da outra e antes da primeira botar sangue! Então, ele que traga a Polícia! Quero ver se me prendem e me tiram daqui! Quantos mais vierem, mais morrem, estão ouvindo? Eu daqui não saio! Aqui, sou como prego cravado em pau-ferro: me quebro dentro e não saio. Você diga a ele que venha, venha! Mas ele vem, o diabo! Boi sabe a cerca que fura e formiga sabe a folha que rói! Ele tem muito é lambança, mas, pra mim, quem vive roncando é besouro rola-bosta! Eu ligo, lá, ronco de ninguém! Ronco, ronco, o Mar também ronca, e eu, toda vez que vou lá, mijo nele! Eu conheço aquela figurinha! Ele vive dizendo que é teso, duro e arrochado. Mas eu conheço ele muito bem: ele é teso é de reumatismo! Pode ser duro, mas é pra pagar o que deve! E só é arrochado quando come casca de angico e fica com o fiofó assim, ó! *(Fecha os dedos, num gesto enérgico.)* Então, diga a ele que venha! Mas ele vem o diabo! No dia em que ele vier, sangue aqui dá no meio da canela e urubu fica com caganeira! O Padroeiro da cidade dele é fêmea, mas o da minha fazenda é macho, mija em pé, de coca não! Estão ouvindo? É esse o recado que eu tenho pra seu Governador!

Presidente

Senhor Dom Pedro Sebastião, há tempo que não vejo uma manifestação tão interessante de autenticidade cultural! Isso é alguma coisa que deve até ser estudada por nossos sociólogos, de tal modo é expressiva de nossa Cultura! Mas o problema é que o Governo recebeu denúncias de graves irregularidades que estariam ocorrendo na Coletoria daqui!

Dom Pedro Sebastião

(No mesmo tom anterior.) Aqui, na *minha* terra, só existiriam as irregularidades que *eu* permitisse e descobrisse, e não as que seu Governo de bosta resolva inventar, estão ouvindo? Na Mesa de Rendas não existe irregularidade nenhuma que eu não resolva, e não vai se realizar investigação nenhuma, lá! Joaquim Brejeiro, bote bala na agulha do rifle!

Quaderna

Joaquim, não! Espere um pouco! Olhem, vocês aí: meu Padrinho, com toda razão, está um pouco irritado! Não houve irregularidade nenhuma na Coletoria! E, mesmo que tivesse havido, o inquérito vai ter que se encerrar, porque o administrador da Mesa de Rendas, Seu Evilásio Caldas, homem decente e sensível, sofreu um abalo, um desgosto tão grande ao tomar conhecimento dos boatos que o acusavam tão injustamente, que teve um ataque do coração e morreu há quatro dias!

Presidente

Como? Morreu? O senhor tem certeza? Tem alguma prova disso?

Quaderna

Tenho! Aqui está a certidão de óbito dele!

Presidente

É, o documento está em ordem!

QUADERNA

> Pois então, aproveitem a saída que ele oferece a vocês, porque da primeira vez, agora há pouco, eu ainda consegui segurar Joaquim Brejeiro. Mas não garanto a segunda não!

DOM PEDRO SEBASTIÃO

> O assunto está encerrado. Sumam-se daqui todos três! *(Os três saem, ressabiados, passando o mais longe possível do rifle de JOAQUIM BREJEIRO.)* Dinis, chame aqueles dois de volta!

QUADERNA

> Seu Belo! Seu Evilásio! Podem voltar! Está tudo resolvido!

Voltam os dois.

EVILÁSIO

> Chefe, Deus lhe pague por tudo! Mas, se o senhor não se zangasse, eu queria lhe dizer uma coisa!

DOM PEDRO SEBASTIÃO

> O que é?

EVILÁSIO

> Eu estou tão preocupado!

DOM PEDRO SEBASTIÃO

> Por quê?

EVILÁSIO

    Como é que eu, morto, vou poder continuar aqui? Como é que vou poder trabalhar pra sustentar minha família?

QUADERNA

    Eu já pensei em tudo, Seu Evilásio! Seu Belo, que matou o senhor, vai *nascer* o senhor de novo!

SEU BELO

    Como?

QUADERNA

    Lavrando uma certidão de nascimento de Evilásio, com outro nome!

EVILÁSIO

    Outro nome?

QUADERNA

    Sim, como se você, agora, passasse a ser um irmão mais moço de você mesmo! Como você já deve estar acostumado com o primeiro nome, pensei em batizá-lo dagora por diante com um nome parecido, Epitácio — Epitácio de Oliveira Caldas. Evilásio, Epitácio, a mudança é tão pequena que você logo se acostumará. Seu Belo, lavre a certidão de nascimento de Seu Epitácio de Oliveira Caldas, um ano mais moço do que seu falecido irmão Evilásio, que morreu há quatro dias, coitado!

Seu Belo

(Obedecendo.) Epitácio de Oliveira Caldas!

Quaderna

Está pronta?

Seu Belo

Está!

Quaderna

Bem, com o nome novo, meu Padrinho, com o coração generoso que tem, vai conseguir sua nomeação para o 2º Cartório, que está vago. Assim, você vai poder continuar sustentando sua família!

Dom Pedro Sebastião

Mas cuide de não dar mais desfalque de qualidade nenhuma, cabra sem vergonha! Eu vou pagar o dinheiro que você tirou, e você, todo mês, da renda do Cartório, desconta um pedaço pra ir me pagando!

Quaderna

Tenho certeza, Seu Epitácio, de que o senhor vai pagar religiosamente sua dívida! Você dificilmente esquecerá os instantes de terror que seu falecido irmão Evilásio passou durante os momentos que antecederam sua triste morte por *angina pectoris*!

Evilásio

E na Coletoria, eu posso continuar?

Dom Pedro Sebastião

>   Nunca! Nunca mais eu deixo o senhor chegar nem perto dum lugar onde haja um cofre com dinheiro público!

Evilásio

>   E quem vai ficar na Mesa de Rendas, como Coletor?

Quaderna

>   O senhor não tem nenhuma sugestão a fazer a meu Padrinho não? Não conhece ninguém que seja de absoluta confiança do meu Padrinho e que, ao mesmo tempo, nos momentos difíceis, sabe como encontrar caminho para tirar os amigos de possíveis dificuldades?

Evilásio

>   Conheço! Pedro Dinis Quaderna!

Quaderna

>   *(Mão em concha na orelha.)* Como?

Evilásio

>   Dom Pedro Dinis Quaderna! Ele deve ser o novo Coletor!

Dom Pedro Sebastião

>   Excelente ideia! Você, meu afilhado, merece o prêmio que ia ser dado a esse ladrão aí!

Quaderna

>   Não se queixe, Epitácio! Você é o único homem do mundo em suas condições: morreu de *angina*

pectoris, ressuscitou, foi registrado com um nome novo *in terminis legis*, sendo nomeado aí, *post mortem*, para Tabelião!

EVILÁSIO

É latim demais para uma pessoa só!

QUADERNA

Pois então você, como pagamento a quem salvou sua vida, pegue ali aquela Coroa e me coroe aqui como Monarca da Cultura Brasileira e Imperador do Reino do Sete-Estrelo do Escorpião! Joaquim Brejeiro fica aqui a meu lado para ser, também, coroado, porque, apesar de ainda extraviado a serviço da Aristocracia, é um Príncipe do Povo! *(EVILÁSIO coroa QUADERNA, que, depois de ajustar a Coroa, pede o Cetro com um gesto e aponta o pé, com outro gesto. EVILÁSIO beija-lhe o pé.)* Muito bem! Agora, toquem o Hino que escrevi contra os inimigos do Brasil — os gringos de fora e os entreguistas de dentro! Toquem e cantem, porque eu quero sair daqui num Cortejo real!

Toca a música, que todos cantam enquanto se retiram, com EVILÁSIO erguendo atrás, reverente, o Manto real de QUADERNA, que coloca a seu lado JOAQUIM BREJEIRO, também coroado.

TODOS

(Cantando e saindo.)

Brasileiros que têm vergonha,
celebremos, com força e Paixão,
nosso Povo, do Sul para o Norte,
e o Brasil, desde o Mar ao Sertão!
Nosso País 'tá sendo entregue,
alerta todos e todos de pé!
Contra os traidores que se vendem
lutemos todos com força e com fé!
Brasileiros, a hora é sagrada!
Eles querem ao Povo trair!
Contra esses, de dentro e de fora,
combater, triunfar, resistir!
Nosso País 'tá sendo entregue,
alerta todos, e todos de pé!
Contra os traidores que se vendem
lutemos todos, com força e com fé!

FIM DO PRIMEIRO ATO.

SEGUNDO ATO

Quaderna

Nobres Senhores e belas Damas que me ouvem! O grande problema do Espetáculo do Mundo é que o Autor que o criou é um só, mas o Encenador que o dirige são dois! E vivem brigados, cada um querendo levar a Peça para seu lado! Os caminhos dos dois são opostos: um é da Vida, o outro é da Morte! Eu sempre fui atraído pelo Circo, com Palhaços, Cantadores, Guerreiros, Malabaristas, Mágicos, Trapezistas e, sobretudo, Pastoras do Cordão Azul e do Encarnado ou Bailarinas de coxas à mostra. Até que, um dia, consegui me tornar Dono de Circo. Nele, meu papel varia conforme a necessidade: Velho de Pastoril, Rei, Capitão de Cavalo-Marinho, Menestrel, Profeta, Guerreiro... Mas, em qualquer caso, nunca abro mão de ser o Professor carinhoso, o Conselheiro secreto das Pastoras e Bailarinas. Costumo iniciá-las em todas as suas *partes* — isto é, nas partes ou papéis que elas vão desempenhar no Espetáculo. Logo descobri, porém, que nos Circos e teatros do mundo a gente ganha muito pouco. Se eu quisesse ganhar um pouco mais de pecúnia e dinheiro, teria que me tornar alguma coisa como Professor, Juiz ou Escrivão — Fidalgos que usam Saia preta enfeitada de amarelo, púrpura e vermelho, como acontece também com os Bispos, Cardeais e Juízes. Juiz eu não podia ser, por não ser Bacharel.

Vi, então, que o único caminho que me restava era sentar praça na Legião de Deus, como padre, o que poderia me levar até a ser Príncipe da Igreja. Além disso, poderia me tornar Confessor-de-mulheres, o papel que sempre considerei o mais fascinante da vida! Já pensaram que maravilha, confessar Damas e damiselas, ouvir seus belos e tentadores pecados e, carinhosamente, aconselhá-las por esse caminho? Com esse objetivo, entrei para o Seminário da Paraíba. Mas não soube guardar a virtude cristã da paciência: ainda como seminarista, comecei a confessar logo as moças. Um dia, estava confessando uma linda e ardorosa companheira de dúvidas religiosas que me pedira alguns esclarecimentos sobre a nossa santa Fé. Fui surpreendido *com a mão na massa* e expulso vergonhosamente do Seminário. Voltei para o Sertão. Um dia, tive uma ideia genial: a de instalar um Consultório Sentimental e Astrológico. Isso me devolvia o maravilhoso direito que têm os padres de confessar as Damas. E com uma vantagem: a confissão feita pelos padres é gratuita. A minha é paga, sem que isso diminua em nada o direito que, como os padres, eu tenho, de consolar, aconselhar e iniciar as mocinhas em certos segredos, mistérios e rituais religiosos da vida. Podia, além disso, fazer dos meus carinhosos conselhos o passo inicial para me tornar Massagista-

-de-Senhoras, um posto sem o qual a confissão perde quase a metade do seu encanto. Sim, porque meu Consultório é também religioso. Refletindo sobre as diversas religiões do mundo, descobri que os grandes Profetas do Judaísmo, do Cristianismo e do Catolicismo-romano são exigentes que só a peste! São pessoas como Isaías, São João Batista ou São Francisco, que querem, à força, que a gente, para ser Profeta, seja sóbrio, casto e humilde como eles. Eu sempre quis ser, além de Rei, Profeta; mas isto sem renunciar ao queijo de cabra, à carne de sol, ao vinho e às mulheres. Notei, então, que o Cristianismo nos leva ao Céu, mas tem esse mau costume de nos proibir tudo o que é bom. Ouvindo um sermão do nosso virtuoso e duro Padre Renato, descobri que certas seitas muçulmanas dão à gente o direito de ter muitas mulheres; mas, ao mesmo tempo, proíbem o vinho e as costelas de porco torradas com farofa, ao mesmo tempo em que, como garantia o Padre, são danadas para nos levar ao Inferno, por heresia. Diante disso, fundei, para mim, uma Religião independente, o Catolicismo-sertanejo! Esta fé, sendo judaica e cristã, me salva a alma. Mas, ao mesmo tempo, sendo árabe--sertaneja, e não romana, permite que eu mantenha meu bom comer, meu bom beber e meu bom... bem, meu bom *isso* que, nos dias melhores, fecha com chave de ouro os carinhos, massagens e conselhos que dou às moças, no Consultório. Pois bem: a história que passo a narrar é uma conchambrança e desaventura dessas que me acontecem no templo, no local-sagrado de meu Catolicismo-sertanejo! Vamos a ela, cujo título é "Casamento com Cigano pelo Meio"!

Abre-se o pano. QUADERNA está sentado à mesa do Cartório. Entram DONA PERPÉTUA e SEU CORSINO.

QUADERNA

Comadre Perpétua! Compadre Corsino! Então, finalmente, chegou o dia do casamento de Aliana e de Mercedes, minha afilhada...

CORSINO

Chegou, Compadre! Viemos saber se os documentos estão prontos e se está tudo em ordem!

QUADERNA

Tudo certo e na forma da Lei! Os noivos já chegaram?

CORSINO

O noivo, você quer dizer! Porque somente Quintino Estrela, noivo de Mercedes, é de fora, do Pajeú! O de Aliana, Laércio, é meu sobrinho e é daqui mesmo. Acho que você conhece, é aquele que é caixeiro da loja de Antônio Fragoso.

QUADERNA

Conheço, conheço! Quem é que não conhece Laércio Peba, aqui?

PERPÉTUA

Quintino Estrela vive em situação muito melhor do que Laércio! É um moço rico, de boas posses, um boiadeiro importante do Pajeú! Laércio não pode nem se comparar com ele, como partido! Eu, por mim, sempre achei que Aliana merecia um casamento melhor do que Laércio!

CORSINO

É, mulher, mas, com a seca, nós não podemos jogar fora o casamento de Aliana não. Desencalhar duas filhas no mesmo dia!

QUADERNA

É, Comadre Perpétua! E afinal de contas Laércio não chega a ser um lascado completo não, é caixeiro! Ele é assim meio desligado, meio ingênuo... Mas é um bom rapaz, e eu acho até bom que Aliana case no mesmo dia que Mercedes!

PERPÉTUA

Pois então, Compadre Quaderna, veja os papéis com cuidado! Quintino Estrela chegou do Pajeú, acompanhado por dois amigos e sócios dele, Seu Aristides e o Cigano Pereira. Nós deixamos os três lá em casa, com as meninas, e viemos falar com o senhor.

QUADERNA

Mas Comadre, a senhora deixou Quintino Estrela ver a noiva antes do casamento? Dizem que dá má sorte!

CORSINO

Vire essa boca pra lá, Compadre! Isso é tolice, besteira desse povo ignorante do Sertão! Como é que pode dar errado um casamento como esse, com tudo acertado e combinado? Quintino foi à nossa casa pra conhecer o resto da família!

QUADERNA

Ah, ele não conhecia vocês todos não, é verdade!

PERPÉTUA

Ele conheceu Mercedes lá no Pajeú, naquele tempo que ela passou lá, em casa de minha irmã. Conheceu, apaixonou-se, pediu a moça por carta, noivou, e só veio aqui, hoje, para casar. De modo que não conhecia nem Corsino, nem eu, nem Aliana.

CORSINO

Sim, Compadre Quaderna, mas nós viemos também para pagar ao senhor as custas do Cartório, pelo casamento!

QUADERNA

Que é isso, Compadre! Eu ia, lá, cobrar custas pelo casamento de minha afilhada! As custas são meu presente para Mercedes, um dos muitos que ainda pretendo dar a ela.

PERPÉTUA

Mercedes, casada, vai morar no Pajeú!

QUADERNA

Manda-se, manda-se pelo correio! De qualquer modo, as custas eu ainda posso dar de presente a ela!

CORSINO

Pois aceito, Compadre! Aceito e agradeço! Com a situação como está, toda ajuda é ajuda!

Entram ARISTIDES e o CIGANO PEREIRA.

PERPÉTUA

Pronto, Compadre, esses são os amigos de Quintino! Seu Aristides! Seu Pereira! Aqui meu Compadre Pedro Dinis Quaderna!

ARISTIDES

Prazer!

CIGANO

Prazer!

ARISTIDES

Já conhecia muito o senhor, de nome! Eu e Pereira, aqui, estamos precisando de seus serviços profissionais de Tabelião.

QUADERNA

Pois não, atendo a vocês agora mesmo. Pode ser com meus compadres aqui, ou é assunto confidencial?

CORSINO

Não, Compadre Quaderna, nós já íamos saindo, mesmo! Vamos pra casa. Quintino Estrela ainda está lá?

ARISTIDES

Não, foi para o Vesúvio Hotel, onde estamos hospedados. Nós ficamos de encontrá-lo por lá.

PERPÉTUA

Então nós já vamos, Compadre! Até mais tarde, para o casamento!

QUADERNA

Até, Comadre! Até, Compadre Corsino! *(Os dois saem.)* Então, senhores, estou às suas ordens!

ARISTIDES

Nós dois assinamos um documento que está aqui, lacrado, neste envelope. Só nós dois podemos saber o que ele tem. Por isso, queremos guardá-lo aqui, no cofre do Cartório, registrado em segredo de justiça! Sete chaves e sigilo absoluto! É possível?

QUADERNA

É, claro! Desde que paguem as custas...

ARISTIDES

Quanto é?

QUADERNA

(Preenchendo um formulário.) Aqui pelo recibo vocês podem ver!

CIGANO

Tão caro!

QUADERNA

Que é que eu posso fazer? Tudo sobe! Veja: aí no recibo eu só mando imprimir uma parte, o lugar das custas é preenchido a mão, porque tem de subir toda semana! Outra coisa: vocês vão lá, ao Vesúvio Hotel, e digam ao amigo Quintino Estrela para passar aqui. Eu não quis receber custas do Compadre Corsino porque sou padrinho de Mercedes. Mas nem sou padrinho de Aliana nem compadre de Quintino, de modo que ele precisa aparecer aqui para se pronunciar sobre o assunto!

CIGANO

Está bem! Custas rachadas, viu, Aristides? Me dê aí a metade!

Recebe a metade de ARISTIDES e paga a QUADERNA, que recebe o documento e vai trancá-lo no cofre, que pode estar em cena ou fora, a juízo do encenador.

QUADERNA

Fiquem sossegados, ali ele está em absoluta segurança!

Entra MERCEDES, furiosa.

MERCEDES

Meu Padrinho...

Para, de repente, ao ver os dois, que ficam meio ressabiados e desconfiados pelo encontro.

ARISTIDES

Bem, nós já vamos! Até logo! Muito prazer e muito obrigado!

Saem.

QUADERNA

Mercedes, minha afilhada querida! Você me parece tão perturbada! O que é que há?

MERCEDES

O que é que há, meu Padrinho? O que há é uma coisa horrorosa, e vim procurar o senhor, porque só você pode dar jeito nisso tudo!

QUADERNA

> O que foi? Que foi que houve, Mercedes?

MERCEDES

> Aquele desgraçado me fez a maior desfeita que você possa imaginar!

QUADERNA

> Quem? Que desgraçado?

MERCEDES

> Meu noivo, aquele peste de Quintino Estrela, que o Diabo leve para as profundas do Inferno!

QUADERNA

> Que é isso, Mercedes, meu bem? Não diga uma coisa dessas de seu noivo! *(Passa carinhosamente o braço pelos ombros dela, segurando-a um pouco, firme, contra seu corpo.)* O que é que seu noivo pode ter lhe feito de mal, se, pelo que eu soube, não faz nem uma hora que ele chegou?

MERCEDES

> Faz uma hora que ele chegou, mas já teve tempo de me fazer a maior desfeita que se pode fazer a uma noiva neste mundo! Você sabe que ele me conheceu no Pajeú, não sabe?

QUADERNA

> Sei!

MERCEDES

Foi só ele me conhecer e ficar doido de apaixonado, dizendo que, ou casava comigo, ou morria! A gente se comprometeu, eu vim me embora e ele me pediu por carta! A paixão de Quintino continuava cada vez maior! Era carta em cima de carta, cada carta bonita que fazia gosto! Meu Padrinho, aliás, sabe disso muito bem, porque era de você que eu me valia para responder!

QUADERNA

(Suspirando, melancólico.) É verdade! E só Deus sabe como me ficava o coração para escrever aquelas cartas suas para ele, Mercedes!

MERCEDES

Meu Padrinho sempre brincalhão! Pois bem, meu Padrinho: com essa paixão toda, foi só Quintino chegar hoje aqui e botar os olhos em cima de minha irmã Aliana, para dizer que ela é muito mais bonita do que eu, e que agora ele não se casa mais comigo não, só casa se for com ela!

QUADERNA

Mas Aliana não vai casar com Laércio Peba?

MERCEDES

Foi o que meu pai lembrou a Quintino, esse pequeno detalhe! Mas Quintino está renitente: diz que não cede de jeito nenhum! Ou casa com Aliana, ou não casa com ninguém!

QUADERNA

Isso foi uma ruindade de seu noivo, minha afilhada! Como é que se troca uma moça bonita e viva como você por aquela cabra-morta de sua irmã?

MERCEDES

Você diz isso porque é meu padrinho e gosta de mim! Mas todo mundo diz que Aliana é mais bonita do que eu!

QUADERNA

É nada! Aliana é uma cabra-morta! Vive calada, com as mãos cruzadas no colo, espiando a maçaranduba do tempo. O povo pensa que aquilo é calma; mas não é não, é burrice: não ocorre nada a ela!

MERCEDES

Aliana é mais bonita! Tanto que Quintino Estrela não quer mais casar comigo e me largou por causa dela!

QUADERNA

Bem, se eu estivesse no lugar de Quintino, eu é que não queria essa troca! Mas gosto não se discute, e coração não se governa! Vamos até sua casa! Vou falar com seu pai e seu noivo! Você vai ver como ajeito tudo e como você termina casando é com Quintino, mesmo!

MERCEDES

Mas acontece que, agora, eu é que não quero me casar mais com aquela peste, aquela morrinha, aquela desgraça! Depois de uma ofensa dessas!

QUADERNA

    Então, se você está com essa raiva toda dele, deixe Quintino casar com Aliana, como ele quer!

MERCEDES

    Eu? Eu não! Fico desmoralizada, meu Padrinho! Sou mais velha do que Aliana dois anos! Vou lá deixar que ela case, antes de mim, com um noivo que foi meu?

QUADERNA

    Calma, meu bem! Está começando a aparecer uma luz na minha cabeça! Me faça um favor: passe na loja de seu Antônio Fragoso e diga a Laércio Peba que eu quero falar com ele! Mas não saia por aí não! Saia aqui, pelo outro lado. *(Beija-a na testa, mas abraçando-a de modo mais íntimo e carinhoso do que o normal.)* Escute-me: dê um tempo e depois volte cá, com seu pai, sua mãe e sua irmã. Confie em mim, que tudo vai terminar se resolvendo!

MERCEDES sai por uma porta.
Entra, por outra, QUINTINO.

QUADERNA

    Quintino Estrela, muito prazer! Pedro Dinis Quaderna! Pedi que viesse aqui por causa das custas.

QUINTINO

Seu Pedro Dinis Quaderna, não tenho dúvidas em pagar as custas, mas só depois de ter certeza de que vou casar e *com quem* vou casar! Está havendo um pequeno problema no meu casamento com sua afilhada Mercedes.

QUADERNA

Já sei, ela esteve aqui. Olhe, você me desculpe estar, assim, me metendo neste assunto, mas Mercedes é minha afilhada e eu não posso entender que um casamento tão bem iniciado vá por água abaixo em condições tão incompreensíveis. Você não estava tão apaixonado? Não estava tão feliz com Mercedes, tão entusiasmado com o casamento?

QUINTINO

Estava, mas era porque não conhecia a outra moça, Dona Aliana! Depois que vi Dona Aliana, notei que ela é muito mais bonita do que Dona Mercedes, e que, casando com a irmã de minha noiva, eu faço muito melhor negócio do que casando com minha noiva, mesmo! Para um boiadeiro vivo, seria uma desmoralização casar com a mais feia, deixando, no mesmo dia, um bosta da qualidade desse tal de Laércio Peba casar com a mais bonita!

QUADERNA

Não, Laércio não chega a ser um bosta não, é somente meio abestalhado! E depois, eu não estou de acordo com esse julgamento não: por mim, eu prefiro Mercedes a Aliana!

QUINTILIANO

O senhor está doido! Dona Aliana é dez vezes mais bonita! Era a mesma coisa que, entre duas garrotas do mesmo preço, eu escolhesse a mais feia e deixasse a mais bonita para o bosta do Laércio Peba! Tenho razão ou não tenho? Seria uma desmoralização, um mau negócio! E, desmoralizado em negócio, um boiadeiro como eu não pode ficar! É uma questão de honra!

QUADERNA

Bem, se você encara a história como questão de honra, não tenho mais nem sequer o direito de me intrometer! Mas você entenda, também, minha posição, a situação em que me acho. Mercedes é minha afilhada, de modo que você não estranhe que eu, pelo meu lado, tome minhas providências para ajeitar a vida dela, que vai ficar meio desmantelada com esse casamento desmanchado assim, em cima da hora!

QUINTILIANO

Está no seu direito! Desde que não seja para me desmoralizar com um mau negócio na compra de duas garrotas como essas, o senhor tem toda liberdade para ajeitar a vida de sua afilhada!

QUADERNA

Está bem, agradeço a compreensão. Mas peço que saia um momento. Me espere aí fora, e só volte quando eu chamar, porque vem ali uma pessoa com quem preciso falar confidencialmente.

QUINTINO sai por uma das portas. Entra LAÉRCIO.

LAÉRCIO

Seu Quaderna, o senhor mandou me chamar?

QUADERNA

Mandei, Laércio, mandei! Me diga uma coisa: é verdade o que me contaram?

LAÉRCIO

Conforme! O que foi que contaram ao senhor?

QUADERNA

Mercedes veio me procurar aqui. Estava furiosa, porque esse noivo dela, Quintino Estrela, disse que agora, depois que viu sua noiva Aliana, não casa mais com a noiva dele não, só casa se for com a sua. É verdade, isso?

LAÉRCIO

É, parece que ele disse isso!

QUADERNA

Parece? Afinal, ele disse ou não disse?

LAÉRCIO

É, ele disse!

QUADERNA

(Fingindo escandalizar-se.) Na sua frente?

LAÉRCIO

Bem, na minha frente mesmo, não! Ele pegou Tio Corsino por um braço, chamou assim pra um canto da sala e disse tudo a ele, baixo.

QUADERNA

Baixo? E como foi que você ouviu?

LAÉRCIO

Eles começaram a discutir, Quintino levantou a voz, e foi aí que todo mundo ouviu ele dizer que agora só casa se for com Aliana, que é muito mais bonita!

QUADERNA

E você está de acordo com isso, homem?

LAÉRCIO

Eu? Eu não!

QUADERNA

E por que não reagiu logo, ali na hora?

LAÉRCIO

(Meio aparvalhado.) Reagir como?

QUADERNA

> Você devia, pelo menos, ter ameaçado de dar umas tapas naquele boiadeiro atrevido!

LAÉRCIO

> Umas tapas? *(Meio sem jeito.)* É, eu devia, talvez, ter dado umas tapas nele. Mas Quintino estava armado, e eu não!

QUADERNA

> É verdade, tem razão! *(Reforçando.)* Além disso, Quintino está sendo acompanhado pelo Cigano Pereira, que, como todo mundo sabe, é homem criminoso e de maus-bofes!

LAÉRCIO

> *(Satisfeito pelo pretexto.)* É isso mesmo! Foi por isso que não reagi!

QUADERNA

> Quer dizer que vai deixar correr tudo como Quintino quer?

LAÉRCIO

> Eu? Eu, não! Fiquei calado na hora, mas, quando ele saiu, eu disse a Tio Corsino que não estava de acordo nem que ele se danasse comigo! Agora, quero ver como é que o casamento desse boiadeiro se faz!

QUADERNA

> *(Propositadamente casual.)* E Compadre Corsino? Está a seu favor ou a favor de Quintino Estrela?

LAÉRCIO

A meu favor, é claro!

QUADERNA

Ele garantiu isso? Deu a palavra dele?

LAÉRCIO

Não! Mas como é que Tio Corsino pode ficar do lado de um sujeito que ele conheceu hoje pra ficar contra mim, que sou sobrinho dele?

QUADERNA

(Pensativo.) É mesmo! Olhe, Laércio, Mercedes pediu que eu resolvesse esse caso, e é o que vou tentar, caso você não faça objeção!

LAÉRCIO

Que é isso, Seu Quaderna! Se o senhor resolver essa história, me faz, também, um grande favor, uma obra de caridade!

QUADERNA

Então, saia um pouco para a outra sala. Seu Tio vem ali com a família. Preciso falar com eles, e sua presença iria atrapalhar um pouco a conversa.

Sai LAÉRCIO. Entram CORSINO, PERPÉTUA, MERCEDES e ALIANA.

CORSINO

>Ah, Compadre Quaderna, que problema! Já soube da desgraça que nos aconteceu?

QUADERNA

>Soube assim, por alto! Laércio esteve aqui e me contou, mais ou menos, a história!

PERPÉTUA

>Ah, Laércio esteve aqui... E o que foi que ele disse? Qual é a opinião dele sobre isso?

QUADERNA

>Laércio acha que já estava tudo combinado, de modo que, pelo gosto dele, ele casa, mesmo, é aqui com Dona Aliana!

CORSINO

>É o diabo! É danado! E acontecer uma história dessas no dia, quase na hora do casamento!

QUADERNA

>Qual é sua opinião sobre isso tudo, Compadre?

CORSINO

>E eu sei lá, Compadre de minh'alma! Estava tudo tão bem combinado, e agora esse rapaz do Pajeú sai-se com uma doidice dessa qualidade!

PERPÉTUA

>Um rapaz como Quintino, tão agradável, tão bem apessoado! E rico! O homem compra e vende bois por aquele mundo todo, dizem que ganha um dinheirão! E

a gente perder esse genro, na situação difícil em que
estamos... É danado!

MERCEDES

(Encrespando-se.) Mamãe, quem ouve você falar,
vê logo que você está do lado de Quintino e Aliana,
contra mim!

PERPÉTUA

(Chorosa.) Minha filha, que do lado de Quintino
que nada! Estou é do lado de vocês todos! Mas,
se Quintino tem esse gosto, se está com essa
teimosia, acho que não custava ceder *um pouco*
ao que ele quer!

CORSINO

Ceder? Ceder coisa nenhuma, mulher! Se a gente
ceder Aliana a ele, assim sem mais nem menos,
Mercedes fica sem casar!

MERCEDES

O quê, meu pai?

QUADERNA

(Interrompendo.) Um momento! Um momento,
minha afilhada! Compadre Corsino, eu queria
que vocês saíssem e me deixassem ter, aqui, um
particular com minha afilhada Mercedes! Vocês
poderiam sair um pouco, lá para a outra sala? Não,
nessa não! Na outra!

Corsino

Vamos, Aliana! Vamos, Perpétua! Eu não dizia a vocês que Compadre Quaderna era o único homem capaz de resolver essa complicação?

Saem os três para outra sala que não a de LAÉRCIO.

Quaderna

Mercedes, minha querida! Por que você mesma não resolve essa história?

Mercedes

Eu, meu Padrinho? Como?

Quaderna

Ceda Quintino a Aliana e case com Laércio!

Mercedes

Eu? Pra ficar desmoralizada, aceitando aquele idiota, *sobejo*, *resto* de Aliana?

Quaderna

Sobejo, não! Laércio só seria *resto* de Aliana se ela já tivesse acabado o casamento com ele! Mas ela não acabou não, ainda é noiva dele, de modo que você é quem vai tomar o noivo dela!

Mercedes

Mas aí ela vai tomar o meu!

Quaderna

> Aliana não vai *tomar* coisa nenhuma sua, porque, quando ela noivar, você já terá deixado Quintino por Laércio! Ela é quem vai ficar com seu *resto*, com Quintino, com o *sobejo* que você vai deixar!

Mercedes

> *(Animando-se um pouco.)* Sabe que é mesmo?
> *(Desanimada de novo.)* Mas Laércio é um abestalhado!

Quaderna

> Melhor pra nós, Mercedes! Melhor para mim, que gosto tanto da minha afilhada e que, assim, vou poder ficar com ela, aqui em Taperoá! Se você casasse com Quintino Estrela, ia-se embora morar no Pajeú e nunca mais eu botava os olhos em cima de você! E, mesmo que viesse cá de vez em quando, aquele boiadeiro tem cara de sujeito ciumento e desconfiado! Nunca mais ele ia deixar que você viesse aqui ao meu Consultório Sentimental para eu lhe *deitar* cartas, *ler* sua mão e *tirar* seu horóscopo!

Mercedes

> *(Olhando-o nos olhos.)* Ah, se meu Padrinho quisesse, eu bem sabia com quem era que havia de casar!

Quaderna

> Não pode, meu amor! A diferença de idade é muito grande!

MERCEDES

> Que besteira, meu Padrinho! Eu não ligo isso não, e tenho tanto carinho por você!

QUADERNA

> Eu também, Mercedes! O que eu sinto por você é uma coisa tão pura! Mas você sabe que, pelas leis de Deus, nem padrinho pode casar com afilhada, nem compadre com comadre! Sabe o que é que acontece com quem desrespeita essa lei?

MERCEDES

> Não!

QUADERNA

> Vai para o Inferno de cabeça pra baixo e é obrigado, toda noite, a dormir com o Diabo, na cama dele!

MERCEDES

> Deus me livre!

QUADERNA

> *(Persignando-se.)* E a mim também! Mas veja: seu casamento com Laércio é que vai resolver nossa situação, a sua e a minha! Laércio é um rapaz bom, ingênuo, sem maldade, incapaz de desconfiar de qualquer coisa nesse mundo! Casando com ele, fique certa de que vou poder continuar orientando sua vida aqui, pelas cartas! Você virá aqui, de vez em quando, e uma coisa eu lhe garanto: não vai ser por falta de carinho e de assistência moral que você

vai sofrer, com o abandono de Quintino e a leseira de Laércio!

MERCEDES

(Vingativa.) Sabe do que mais, meu Padrinho? Você tem razão! Então é assim, é? Um me larga, o outro é um besta, meu pai e minha mãe me desprestigiam, só meu Padrinho é quem pensa em mim, fica do meu lado e gosta de mim? Pois eu topo! Topo a troca de Quintino por Laércio!

QUADERNA

(Abraçando-a carinhosamente.) Pois Deus recompense seu bom gênio, meu amor! Você é um anjo! Nem Quintino nem Laércio merecem você! Sua bondade é que vai resolver o problema e fazer a felicidade de todo mundo! *(Indo à porta.)* Comadre Perpétua! Compadre Corsino! Dona Aliana! Cheguem aqui. *(Entram os três.)* Olhe, Compadre, me ocorreu, aqui, uma ideia que pode resolver tudo!

PERPÉTUA

Resolver tudo? Como?

QUADERNA

Trocam-se os noivos. Mercedes casa com Laércio e Aliana com Quintino!

CORSINO

(Decepcionado.) Oxente, eu pensei que era alguma novidade! Nisso nós já tínhamos pensado! Foi o

que Quintino propôs, mas Laércio e Mercedes não quiseram! Mercedes está de acordo, agora?

QUADERNA

Mercedes, com o gênio de santa que tem, não faz objeções! Mas, com uma condição! Mercedes concorda com a troca contanto que seja ela a primeira a acabar o noivado oficialmente! Só depois disso é que Quintino pede Dona Aliana em casamento! Dona Aliana concorda?

ALIANA

Era o que faltava, eu ligar pra essas besteiras de homem-sim, homem-não!

PERPÉTUA

(Escandalizada.) Minha filha!

ALIANA

Pra mim, tanto faz Quintino como Laércio, tanto faz casar como não!

PERPÉTUA

Minha filha!

ALIANA

Caso com qualquer um dos dois, e também posso até deixar de casar de uma vez! Pra mim, tanto faz!

QUADERNA

(Baixo, para MERCEDES.) Está vendo que cabra-morta? *(Alto.)* Como todos podem ver, é a solução!

CORSINO

    Mas será que Laércio concorda?

QUADERNA

    Deixem comigo! Voltem para a sala onde estavam, que vou falar com Laércio! *(Saem, acompanhados por MERCEDES.)* Laércio! Venha cá, por favor! *(Entra LAÉRCIO.)* Olhe, Laércio, estive falando com o pessoal de sua noiva e o negócio parece que está meio empancado para o seu lado! Comadre Perpétua acha que você, sendo pessoa da família, poderia ter mais boa vontade e ceder *um pouco* para que tudo se resolvesse!

LAÉRCIO

    Mas ceder *um pouco* como? Resolver tudo, como? Dando minha noiva a Quintino?

QUADERNA

    Não, *dando* sua noiva não, *trocando* sua noiva pela de Quintino! Ele casa com Aliana, como está querendo, e você casa com Mercedes!

LAÉRCIO

    Mas Aliana é mais bonita!

QUADERNA

    Que tolice, Laércio! Todas duas são bonitas, todas duas são boas moças, todas duas são suas primas! Pra você, não faz diferença nenhuma!

LAÉRCIO

> Pois se não faz diferença é melhor que eu me case mesmo com Aliana! Eu já era noivo dela, me acostumei com essa ideia, de modo que caso é com ela, mesmo!

QUADERNA

> Laércio, eu, se fosse você, pensaria um pouco mais no assunto. Com a seca, a situação está muito ruim. Você é um caixeiro, Quintino Estrela tem muito mais dinheiro do que você. Seus tios não me disseram nada diretamente, mas, pela nossa conversa, eu entendi que eles não estão em condições de perder aquele genro boiadeiro e rico de jeito nenhum! Em último caso, eles vão ter que fazer somente o casamento de Aliana com Quintino. E aí vai ser pior para você: todo mundo vai ficar mangando e rindo de você, porque tomaram sua noiva e não lhe deram nada em troca!

LAÉRCIO

> Mangando de mim porque não me deram nada em troca...

QUADERNA

> Agora veja como a coisa muda de figura se você casar com Mercedes! Primeiro, ninguém pode dizer mais que você ficou sem nada, porque você terá ganho outra noiva em troca da que perdeu. Em segundo lugar, por enquanto está tudo no mesmo pé: você

ainda é noivo de Aliana, e Quintino é noivo de
Mercedes.

LAÉRCIO

Eu sou noivo de Aliana e Quintino é de Mercedes...

QUADERNA

Caso se faça o acordo, Mercedes vai a Quintino e acaba o casamento dela. Aí, você vai a Aliana e acaba o seu!

LAÉRCIO

Quem acaba sou eu...

QUADERNA

Claro! Depois, você vai a Mercedes e noiva com ela! Somente depois disso tudo é que Quintino pede Aliana! Assim, ninguém pode dizer que Quintino tomou sua noiva. Você é quem vai tomar a noiva dele, porque vai noivar com ela antes dele noivar com aquela que tinha sido sua. E nisso tudo você ainda pode lucrar uma boa compensação no negócio, Laércio!

LAÉRCIO

Lucrar? Uma compensação? Que compensação?

QUADERNA

Aqui no Sertão, quando a gente troca uma novilha ou uma potranca por outra melhor, não paga um dinheiro ao dono da boa, como *volta*?

LAÉRCIO

Paga!

QUADERNA

Pois, mal comparando, se você trocar Aliana por Mercedes, você pode conseguir uma *volta* no negócio! Seu Tio Corsino vai ficar tão contente por poder de novo casar as duas filhas no mesmo dia, que bem pode dar alguma coisa a você, em troca de sua boa vontade.

LAÉRCIO

O senhor acha que Tio Corsino pode me dar alguma coisa boa?

QUADERNA

Acho! Você quer que eu fale com ele sobre isso?

LAÉRCIO

Quero, quero! Fale, Seu Quaderna! Se Tio Corsino me der uma volta boa, mesmo, eu topo a troca e o casamento com Mercedes! Agora estou vendo que o senhor tem razão: todas duas são bonitas, todas duas são minhas primas e qualquer uma das duas me serve!

QUADERNA

Então, ótimo, Laércio! Só gosto das pessoas assim como você, abertas e compreensivas! Saia de novo, vou falar com seu tio!

Sai Laércio. Quaderna vai à porta por onde saiu Corsino.

QUADERNA

>Compadre Corsino, dê um pulo aqui! Sozinho! Preciso falar-lhe em particular! *(Entra Corsino.)* Compadre, falei com Laércio. No começo, ele ficou contra a nossa ideia. Mas eu discuti e terminamos chegando a um acordo. Ele concorda em ceder Aliana a Quintino se, em troca, você der a ele Mercedes e mais uma volta!

CORSINO

>Pois está certo! Eu dou a volta, pra ninguém dizer que não tive boa vontade. O que é que Laércio quer, de volta?

QUADERNA

>Ele não me disse não, mas eu pensei o seguinte. Laércio tem um pequeno pedaço de terra, que ele comprou com as economias do que ganha como caixeiro. Soube que ele andou querendo comprar uma junta de bois para trabalhar na terra e não pôde fazer o negócio por falta de dinheiro. Por que você não dá a Laércio uma junta de bois de carro?

CORSINO

>Ah, não! Uma junta é demais! Dou um boi, só!

QUADERNA

    Mas Compadre, ele vai ceder a noiva! Veja que não é coisa pouca não! Dê a junta!

CORSINO

    Dou um boi e já é demais! Não discuta isso não, Compadre! Quem sabe das minhas posses sou eu, quem sabe o que eu posso dar ou não, sou eu! Dou o boi: se ele quiser, o casamento de Mercedes com ele se faz. Se não, não se faz: Aliana casa com Quintino e acabou-se!

QUADERNA

    Está bem, vou ver se ele aceita! Qual é o boi que você vai dar?

CORSINO

    É um boi que se chama "Bordado". Desmancho a junta que ele faz com "Bem-Feito" e dou "Bordado" a Laércio.

QUADERNA

    Está bem, Compadre, saia um pouco: vou fazer a proposta a Laércio. Mas não fale dessa história da volta a Mercedes de jeito nenhum! Diga somente que Laércio concorda, em princípio, e que eu estou ultimando os termos do acordo.

CORSINO

    Está bem. *(Sai.)*

QUADERNA

Laércio! *(Entra LAÉRCIO.)* Laércio, meus parabéns. Está tudo resolvido! Você cede Aliana a Quintino, casa com Mercedes, e seu sogro lhe dá, como volta, um boi de carro que ele tem, "Bordado".

LAÉRCIO

Ah, não! Um boi, só? Até a junta é pouco! Pra que desmanchar a junta que "Bordado" faz com "Bem--Feito"? Então meu tio acha que ceder minha noiva àquele boiadeiro safado é coisa pouca? Não, assim não cedo não! Diga a Tio Corsino que ele me dê a junta completa e mais vinte contos, que aí eu aceito!

QUADERNA

Mas Laércio, que exagero! A diferença de Mercedes para Aliana também não é tão grande assim não!

LAÉRCIO

Seu Quaderna, isso não discuta não, porque eu sei o que estou fazendo! Quem vai ceder a noiva sou eu, de modo que quem determina a volta sou eu! Para mim, é uma questão de honra!

QUADERNA

Está bem, Laércio! Com questões de honra não se brinca! Saia! *(LAÉRCIO volta a seu lugar.)* Quintino! Quintino Estrela! Venha cá, por favor! *(Entram QUINTINO, ARISTIDES e o CIGANO PEREIRA.)* Quintino, o negócio do seu casamento está bem encaminhado e pode se resolver. Falei com Laércio Peba: ele concorda em ceder Aliana a você, casando ele, em troca, com Mercedes!

QUINTINO

E não foi o que eu propus desde o começo? Por que aquele bosta não cedeu logo?

QUADERNA

Bem, você veja que não é fácil uma pessoa se convencer assim, logo, que deve ceder a noiva a outro e casar com a irmã dela! Mas agora Laércio viu que, para ele que é primo, tanto faz casar com Mercedes como com Aliana!

QUINTINO

Então, ótimo! O casamento vai ser religioso com efeito civil. Os papéis estão prontos, não estão? Então vamos para a igreja, que o padre está esperando.

QUADERNA

Espere, homem! Existe, ainda, uma dificuldade a vencer! Laércio concorda com a troca, mas exige uma volta, pelo fato de Aliana ser mais bonita do que Mercedes — o que, aliás, você foi o primeiro a reconhecer! Fui procurar Compadre Corsino e ele mandou oferecer a Laércio um boi de carro. Mas Laércio só aceita se for uma junta e mais vinte contos. Lembrei-me então de que você, sendo boiadeiro

e homem rico, pode dar a parte da volta que está
faltando, isto é, um boi e mais vinte contos!

QUINTINO

Olhe aí, Seu Quaderna, essa volta está grande demais!
Se a coisa vai nesse pé, daqui a pouco termino
fazendo mau negócio de novo! Diga a esse tal de
Laércio que o que eu posso fazer é dar o outro boi,
pra ele completar a junta. Os vinte contos, eu não dou
não. Não acha, Aristides?

ARISTIDES

Acho, Quintino! Assim, mau negócio por mau negócio,
era melhor não ter nem começado a troca das noivas!

QUINTINO

Tem razão, Aristides! Diga a Laércio, Seu Quaderna,
que dou o boi! Se ele quiser, está resolvido! Se não,
sei que termino me casando com a noiva dele e
ele sem noiva nenhuma!

QUADERNA

Está bem! Vamos ver o que se pode fazer.

CIGANO

Será que o tal do Laércio não aceita somente a junta
de bois?

QUADERNA

Acho que não, Seu Pereira! Pela cara dele, o homem
não cede nisso nem a cacete! É questão de honra!

Cigano

>Chame Laércio aqui pra gente conversar! Tenho um certo jeito para esses assuntos de troca e volta, de modo que acredito que posso ajudar!

Quaderna

>Pois vamos ver! Laércio! *(Entra Laércio, que fica todo enfarruscado ao ver Quintino.)* Laércio, quero lhe fazer um apelo! Fizemos, aqui, um acordo, e consegui o outro boi. Não dá pra aceitar a junta, só, não?

Laércio

>Seu Quaderna, eu tive a maior das boas vontades! Abri mão da minha noiva pra outro somente pra não causar problemas e ver todo mundo feliz! Agora, também espero boa vontade das outras partes! Abrir mão de Aliana, eu abro, mas desses vinte contos, não tem quem me faça! Nessas questões de honra, eu sou duro!

Quaderna

>Então, acho que vai voltar tudo para o mesmo pé, porque esses vinte contos eu não vejo de onde tirar! Consegui a junta de bois. Mas quem iria entrar com esses vinte contos?

Cigano

>Eu! Eu pago os vinte contos!

Quaderna

>O quê?

CIGANO

    Está estranhando, não é?

QUADERNA

    O senhor não se ofenda não, mas nunca ninguém ouviu dizer que um cigano desse vinte contos assim a ninguém, fosse por qual motivo fosse!

CIGANO

    Vocês entendem já! Você sabe, Laércio, que eu sou amigo de Quintino Estrela, amigo pra rir e pra chorar! O pessoal diz por aí que cigano é gente incapaz de gastar dinheiro, mesmo com um amigo... É verdade que eu já ganhei dinheiro com o casamento de Quintino, porque fui eu que vendi a ele os cavalos da nossa viagem, do Pajeú até aqui. Assim, os vinte contos serão tirados do lucro que tive nessa venda. Mas, mesmo assim, a verdade é que o lucro já está no meu bolso, e o dinheiro vai sair dele. Assim, dagora por diante, vocês já podem dizer a todo mundo que viram um cigano gastar dinheiro grosso só por causa da amizade que tem a uma pessoa. Você dá sua palavra de que, com esses vinte contos, não aparece mais dificuldade nenhuma e o casamento se faz, Laércio?

LAÉRCIO

    Dou!

CIGANO

>Pois então, tome! Você recebe os vinte contos é agora! E vamos dar a boa notícia aos outros!

QUADERNA

>Comadre Perpétua! Compadre Corsino! Aliana! Mercedes! Venham cá, por favor! *(Entram todos.)* Está tudo resolvido, e o casamento já pode se fazer!

CORSINO

>Do jeito que foi combinado?

QUADERNA

>Tudo certo, como foi combinado! Mas tudo tem que se passar como eu disse, não admito a menor ofensa a minha afilhada! Mercedes, acabe seu noivado com Quintino!

MERCEDES

>*(Furiosa.)* Não quero me casar mais com você não, Quintino! Me dê minha aliança! *(QUINTINO obedece. MERCEDES joga a dela na cara dele. LAÉRCIO, de quatro pés, procura a aliança pelo chão e termina por apanhá-la.)*

QUADERNA

>Bem, esse noivado está terminado e todos viram que foi Mercedes quem acabou! Laércio, acabe o seu com Aliana! *(LAÉRCIO vai a ALIANA e entrega-lhe a aliança, que ela recebe, ficando um momento sem saber o que fazer. LAÉRCIO, com um gesto, pede a sua, que ALIANA*

entrega.) Bem, estão todos livres. Agora, Laércio, peça Mercedes em casamento!

LAÉRCIO

Tio Corsino, eu soube que Mercedes acabou o noivado dela com Quintino Estrela! Sendo assim, eu queria noivar com ela! Descobri que não é de Aliana que eu gosto não, é de Mercedes!

CORSINO

Pode noivar, Laércio! Faço muito gosto nesse casamento!

LAÉRCIO e MERCEDES trocam alianças.

QUADERNA

Agora, Quintino Estrela, se quiser, pode pedir Aliana!

QUINTINO

Dona Aliana, Dona Mercedes acabou o casamento comigo! Estou com o coração despedaçado! A senhora não quer me consolar, aceitando ficar no lugar de sua irmã e casando comigo não?

ALIANA

Pra mim, tanto faz! *(Trocam alianças.)*

PERPÉTUA

Vamos então para a igreja, que o padre está esperando há bem uma hora!

Mercedes

>Vão vocês! Eu tenho ainda um assunto a tratar com meu Padrinho. Vão na frente, eu chego já!

Saem todos, menos Mercedes e Quaderna.

Quaderna

>Minha afilhada, por que prolongar o meu martírio? Já que você tem de casar, que seja logo, para eu sofrer menos!

Mercedes

>Não, meu Padrinho! Tenho que lhe falar de um assunto muito sério. O senhor não disse que me achava mais bonita do que Aliana?

Quaderna

>Disse, e acho!

Mercedes

>Acha nada! Eu ouvi tudo dali, e sei que o abestalhado do Laércio só me aceitou com uma volta! Pra ele se convencer, o senhor chegou a me comparar com uma garrota ou uma égua!

Quaderna

>Uma égua não, uma potranca, e das mais lindas que conheço! Eu disse, de fato, isso, e consegui a volta. Mas isso não significa que seja essa minha opinião: eu tinha que falar assim, senão o negócio não se fazia!

MERCEDES

> Não, você não está entendendo não, meu Padrinho! Eu acho que todo mundo tem razão: Aliana é, mesmo, mais bonita do que eu! Assim, se você, em vez de tomar o partido dela, tomou o meu, que sou menos bonita, tem direito também a uma volta... *(A luz do palco é apagada por QUADERNA.)* Que é isso? Por que apagou a luz?

QUADERNA

> Pra gente conversar mais à vontade! Sempre ouvi dizer, no Seminário, que não se deve deixar para depois o que se pode fazer logo!

MERCEDES

> Ou melhor, por que deixar para Laércio o que pode ser do meu querido padrinho? Só tenho medo é de que Laércio, hoje de noite, note alguma diferença entre o que ele espera e o que não existirá mais!

QUADERNA

> Que nada, minha afilhada! Laércio, mesmo em estado normal, é incapaz de notar seja o que for! Essa boa qualidade dele será agravada, desde que você, de noite, ajude a bendita cegueira dele com um ou dois pequenos fingimentos. Por mim, assumo o compromisso de, na festa, fazer Laércio beber mais do que o necessário. Você vai ver, ele vai pegar no

sono antes de tentar qualquer coisa e amanhã será ainda mais fácil ele não notar nada!

MERCEDES

Ai!

QUADERNA

O que foi?

MERCEDES

Bati com a perna aqui no sofá e caí deitada, nele!

QUADERNA

Coitadinha! Vou fazer uns agrados na sua perna para a dor passar!

MERCEDES

Meu Padrinho! O que é isso?

QUADERNA

Nada, meu amor! Tirei seu horóscopo, hoje. Lá se diz que, no dia de hoje, as moças do seu signo não devem ter hesitações em negócios amorosos porque, se a pessoa amada denotar firmeza, isso prenuncia felicidade para o resto da vida!

MERCEDES

Então é por isso que você está denotando tanta firmeza! Quando eu me batizei, não foi você que me serviu de padrinho numa cerimônia de iniciação?

QUADERNA

Foi!

MERCEDES

> Pois essa é a segunda vez que você me faz essa caridade!

QUADERNA

> É verdade! Ali, você entrava na infância! Quando virou moça, entrou na adolescência. Agora, vou ajudar você a encerrar a adolescência e a juventude, esse período que, como disse um estudante, fica situado entre a infância e o adultério! *(Pausa.)* Agora, vá para junto de seu noivo, meu amor! Nunca serei suficientemente grato para lhe pagar a bondade e o carinho com que me tratou! *(A luz se acende. QUADERNA está sozinho e se dirige ao público.)* Foi assim que tudo se resolveu e eu vivi alguns dos momentos mais felizes de minha vida, coisa que, como fiel cristão que sou, desejo a todos os nobres Senhores e belas Damas de peitos brandos que me ouvem! Um só fato me deixava intrigado em tudo aquilo: eram os vinte contos do Cigano Pereira. Mas a explicação me chegaria quase imediatamente. Na igreja, o casamento estava quase no fim quando me entraram, de volta, no Cartório, Seu Aristides e o Cigano Pereira.

QUADERNA senta-se à mesa e começa a escrever e a examinar documentos. Entram ARISTIDES e o CIGANO PEREIRA.

CIGANO

Seu Quaderna, viemos pedir, de volta, aquele documento que ficou no cofre.

QUADERNA

(Atendendo ao pedido.) Pois não!

CIGANO

Seu Quaderna, vi que o senhor é um dos meus, de modo que não posso deixar, de maneira nenhuma, que o senhor tenha uma ideia falsa a meu respeito. Agora, o senhor já pode: leia o documento, por favor.

QUADERNA

(Depois de passar a vista no papel.) É uma aposta!

CIGANO

É! Apostei com Aristides que seria capaz de convencer Quintino Estrela a trocar Mercedes por Aliana. Se conseguisse isso, ganharia cinquenta contos de Aristides, pagando a ele a mesma quantia em caso contrário.

QUADERNA

Mas Seu Aristides não fez nada para impedir!

ARISTIDES

Como o papel dele era o mais difícil, ficou combinado, no contrato, que Pereira poderia "tomar iniciativas", e eu não!

CIGANO

Graças ao senhor, porém, eu só tive que tomar duas iniciativas. A primeira, quando, na hora em que chegamos, mostrei a Quintino que a noiva de Laércio era mais bonita e que ele faria um mau negócio casando com a dele mesmo. A outra, foi a de pagar os vinte contos da volta a Laércio. Mas, mesmo aí, fiz bom negócio: gastei vinte contos, mas agora recebo esses vinte e mais trinta, pela aposta. Valia a pena arriscar, e foi por isso que com tanta facilidade eu concordei em completar a volta que Laércio exigia.

QUADERNA

Ah, agora estou entendendo tudo e posso dizer que matei a charada. O casamento terminou, o pessoal vem aí para tomar comigo um copo de vinho. Vocês estão convidados. *(Entram os três casais, de braço dado, e QUADERNA os vai saudando pelo ritmo da entrada meio triunfal.)* Compadre Corsino... Comadre Perpétua! Quintino Estrela... Dona Aliana! Laércio Peba... *(Carinhoso e efusivo.)* Mercedes, minha afilhada! *(Beija-lhe galantemente a mão.)* Entrem, entrem, estou muito feliz, porque, talvez sem muita semelhança, nisso, entre as leis da Vida e as leis do Código, o casamento de Mercedes e Aliana é um desses raros acontecimentos em que tudo termina bem, com todo mundo lucrando e todo mundo satisfeito.

PERPÉTUA

O que foi que nós ganhamos?

QUADERNA

Vocês, meus Compadres, desencalharam duas filhas solteiras e dispendiosas e ganharam dois genros como sonhavam. *(Todos aplaudem o casal.)*

QUINTINO

E nós?

QUADERNA

Aliana ganhou um marido mais rico do que o noivo que tinha, e Quintino uma mulher que dizem ser mais bonita do que a noiva que lhe estava destinada — opinião que absolutamente não é a minha, Dona Aliana que me perdoe!

ALIANA

Era o que faltava eu ligar uma besteira dessas!

LAÉRCIO

E eu? O que foi que eu ganhei, mesmo?

QUADERNA

Ganhou Mercedes, uma junta de bois e mais vinte contos! Acha pouco?

LAÉRCIO

Não, Seu Quaderna, tenho que reconhecer, na frente de todos, que, com o que o senhor fez aqui a mim e a Mercedes, eu fico lhe devendo para o resto da vida uma obra de caridade.

QUADERNA

Então tome mais um copo de vinho, para celebrar.

MERCEDES

(Carinhosa.) E eu, meu Padrinho?

QUADERNA

Você ganhou um marido bom e confiante e o direito de continuar tirando horóscopos aqui em meu Consultório sempre que precisar ou tiver vontade. Eu, além da alegria de prestar um serviço a Mercedes, ganhei o direito de continuar a conviver com ela, que agora continua morando aqui, de modo que posso continuar dando conforto, consolação e assistência moral a uma afilhada ardorosa e muito querida — como aliás é minha obrigação de padrinho. O Cigano Pereira teve o lucro da venda dos cavalos e mais trinta contos que ele ganhou numa aposta, que fez com Seu Aristides.

ARISTIDES

Mas eu perdi a aposta. Então, o que foi que ganhei?

QUADERNA

Ganhou uma viagem de recreio a Taperoá com todas as despesas pagas por Quintino. E ganhou, sobretudo, a lição de que ninguém deve nunca, em hipótese nenhuma, fazer aposta com cigano. *(Dirige-se ao público.)* E como fui vitorioso também nesta conchambrança, tenho de novo o direito de me coroar, o que, desta vez, como Napoleão, vou fazer por minhas próprias mãos! *(Ergue a Coroa acima da cabeça, olhando-a.)* Foi Deus quem me deu esta Coroa, ai de quem tocar nela! *(Ajusta a Coroa na cabeça.)* Peço que os outros atores voltem para cantarmos juntos, numa Apoteose, o Hino que escrevi contra os inimigos do Brasil — os gringos de fora e os entreguistas de dentro! Inclusive os entreguistas culturais! Toquem a música. Vamos cantar todos e depois me acompanhem porque, vencendo mais uma vez minha modéstia e humildade cristã, vou sair de cena seguido por meu Cortejo real! *(Soa a música e todos cantam, saindo, depois, em Cortejo, com QUADERNA à frente.)*

Todos

Brasileiros que têm vergonha etc.

FIM DO SEGUNDO ATO.

TERCEIRO ATO

No mesmo cenário que os dois primeiros. A um canto, um caixão de defunto, com quatro velas grandes, nos ângulos; ou então, pelo menos uma grande vela, no lugar em que se presume estar a cabeça do morto. ADÉLIA, vestida de encarnado, está imóvel, noutro canto, com um porquinho na mão. Entram o JUIZ, Doutor Rolando Sapo, e QUADERNA. O JUIZ é incrivelmente míope e enfia o nariz em tudo, para poder ver.

JUIZ

Mas é possível? Não houve um jeito de nos livrarmos desse defunto sem dono?

QUADERNA

Não estou dizendo ao senhor que fiz o que foi possível? Chegaram com o caixão, derramaram o pacote e foram-se embora!

JUIZ

Isso é coisa pra Igreja resolver! O padre tinha mais obrigação!

QUADERNA

Foi o que eu disse, mas eles responderam que daqui é que devia partir o enterro!

JUIZ

E o Cego morreu aqui?

Quaderna

>Morreu na rua. Mas, como pedia esmola sentado aí na porta do Cartório, ficaram logo dizendo que era nossa obrigação!

Juiz

>E onde é que está o defunto?

Quaderna

>Aí, Seu Juiz! Aí!

Juiz

>Nossa Senhora! Não diga! Onde?

Quaderna

>Ora onde, aí! Aí!

Juiz

>*(Apalpando um móvel.)* Estou vendo, aqui! Coitado de Pedro Cego, morrer assim! Aqui é o nariz?

Quaderna

>Não, aí é o armário!

Juiz

>O *armário* do defunto? Vote! Vai pra lá que eu não sou de sacrilégio!

Quaderna

>Doutor, o nariz é do outro lado!

Juiz

>Que é do outro lado, eu sei! De um lado fica o nariz, o "armário" é do outro lado! É aqui?

Quaderna

> Não, Doutor! É do outro lado da sala!

Juiz

> Ah, sim, agora encontrei. *(Ajoelha-se.)* Achei, está aqui! Pedro Cego, que a terra lhe seja leve! *(Apalpa o porquinho de ADÉLIA.)*

Quaderna

> Doutor, isso aí é o porco!

Juiz

> Não diga isso! Respeite os mortos! Respeite Pedro Cego, que ele já morreu!

Quaderna

> Eu sei que ele já morreu! Mas isso aí é um porco e ainda está vivo!

Juiz

> Ora pinoia! E onde é que está esse peste desse defunto pra pelo menos se rezar por alma dessa desgraça?

Quaderna

> Mais pra lá! Mais pra lá!

Juiz

> Aqui? Cheguei, afinal?

Quaderna

> Mais pra lá um pouquinho!

Juiz

> *(Topando.)* Ai! Ai! Que diabo foi isso?

QUADERNA

Um banco!

JUIZ

Isso é uma desgraça! Que coisa mais trabalhosa só é procurar defunto! É aqui, finalmente?

QUADERNA

É! Doutor, o senhor precisa arranjar um par de óculos! O senhor está ficando meio míope!

JUIZ

Que míope que nada! É que ultimamente as coisas deram para ficar longe! Sou um saco de doenças, mas, quanto a isso de ver, enxergo perfeitamente! *(Aponta o clarão da vela.)* Por exemplo: vejo a luz! Quando vejo a claridade sei logo que é a janela! Ai! Quase queimo as pestanas! Diabo de janela mais quente!

QUADERNA

Doutor Rolando, isso aí é a vela!

JUIZ

Que vela?

QUADERNA

É a vela grande que está aí, alumiando o corpo de Pedro Cego!

JUIZ

Ah, o peste do defunto! Mas me diga mesmo, Quaderna, isso aqui é lugar de ninguém morrer? Quem já viu uma coisa dessas, um defunto no

Cartório! Que negócio mais sem jeito! Isso é que é um defunto inconveniente! Bem, se não tem outro jeito, faz-se o enterro com a verba de conservação do prédio! Pedro Cego, vá com Deus!

QUADERNA

Doutor, é o porco de novo!

JUIZ

Eu vi, eu vi que era o porco! Ó Quaderna, que diabo faz esse porco aqui no Cartório? Será que é pouco o defunto, inda trazem um porco!

QUADERNA

Foi Dona Adélia quem trouxe!

JUIZ

Ah, foi? Bem, se fede um pouco, pelo menos está vivo! Venha cá, meu filho! *(Apalpa ADÉLIA, que lhe dá uma tapa na cara.)*

ADÉLIA

Êpa, vá pra lá!

JUIZ

Que foi isso? Bati com a venta no muro?

QUADERNA

Não, bateu na dona do porco! O senhor, Doutor Rolando Sapo, sem querer, pegou no "armário" da dona!

JUIZ

Quem é a dona?

ADÉLIA

Eu, Adélia!

JUIZ

A senhora me desculpe! Mas, também, pra que inventou de trazer porco pra cá? Dar-me uma tapa na cara!

ADÉLIA

O senhor também me desculpe! Mas, também, por que inventou de errar e me catucar?

JUIZ

Não faça confusão não, está ouvindo, Dona Adélia? Fique aqui, junto da janela, pra eu poder diferençar! Pronto, agora não erro mais não: o caixão está de preto e ela está de encarnado! Assim, não tem mais errada! Se eu avisto um vulto preto, sei logo que é o caixão. O vulto encarnado, é a dona do porco! Pronto, está bem! O que foi que esse porco veio fazer aqui, com dona e tudo?

ADÉLIA

Era o que eu ia dizer: o porco está em questão!

JUIZ

Ele é seu?

ADÉLIA

Não era não, mas agora é. Ele era de Carmelita, mas agora é muito é do meu!

Juiz

Quem é essa Carmelita?

Adélia

Carmelita é uma *catarina*!

Juiz

Uma Catarina? De Bumba-meu-boi, é?

Quaderna

Carmelita é uma mulher-dama, uma rapariga que está aí, na zona, no Rói-Couro! Chegou há um mês, de Campina Grande, e está tudo quanto é de homem doido por ela! É uma mulher linda!

Juiz

E o nome de mulher-dama agora é Catarina, é?

Adélia

Não é Frei Roque quem chama? Frei Roque chama as mulheres casadas de *caseiras* e as damas de *catarinas*!

Quaderna

O Rói-Couro está assim, está assim de catarina! É a coisa mais animada!

Juiz

E a senhora, Dona Adélia? A senhora é catarina do Rói-Couro?

Adélia

O quê? Doutor, me respeite! Não é besta não? Eu sou uma mulher séria! Catarina é sua mãe!

JUIZ

Ah, é caseira! Desculpe!

ADÉLIA

Doutor, eu não sou caseira nem catarina, está bem? Eu sou donzela e solteira!

JUIZ

Desculpe, Dona, eu pensei...

ADÉLIA

O senhor não pensou nada nem vai pensar, está bem?

JUIZ

Está! Então, em que posso servi-la? O que é que há, donzela?

ADÉLIA

O que há, é que esse porco entrou-me em casa e quebrou-me o vidro de minha cristaleira!

JUIZ

O porco é da catarina que tem nome de Carmelita?

ADÉLIA

É, não, *era*! Ele me deu, hoje, um grande prejuízo! A dona não quer pagar, fiquei com o porco pra mim!

JUIZ

Então, está tudo em paz, não vejo questão nenhuma!

ADÉLIA

Mas eu vejo! Essa tal de Carmelita não se conforma em pagar o prejuízo e nem quer me dar o porco! É uma mulher perigosa e tem péssimos costumes! Está aí fora, com uma navalha na mão! Diz que, se eu não devolver o porco, ela me desmoraliza e me dá uma navalhada! Aí, eu vim pra cá, pro senhor me garantir a vida e meu direito!

JUIZ

Essa é boa! Toma o porco que pertence a uma catarina e quer que eu garanta tudo! Quaderna, fale, diga: essa tal de... Catarina, essa tal de Carmelita é braba, mesmo?

QUADERNA

É mesmo que o cão, Doutor Rolando Sapo!

JUIZ

Meu Deus, meu Deus, que perigo! Será que ela vem pra cá?

ADÉLIA

Quem sabe? O senhor saia e vá perguntar a ela!

JUIZ

Deus me livre! Dona Adélia, sabe do que mais? Deixe de complicação, senão eu mando prendê-la! A senhora entre um pouco para ali, que eu já resolvo seu caso!

ADÉLIA

Mas é pra resolver mesmo, viu? *(Sai.)*

JUIZ

Minha Nossa Senhora, num dia só, um defunto, um porco e uma ameaça de navalhada! O que é que falta me acontecer?

QUADERNA

> O que falta lhe acontecer já vem por ali! É Dona Júlia Sousa! Ela não vem aqui, hoje, para a audiência de desquite?

JUIZ

> É mesmo, nem me lembrava! Não digo que sou sem sorte! Com tanta mulher por aí, por que logo Dona Júlia achou de se desquitar?

QUADERNA

> O que é que tem Dona Júlia pro senhor ficar tão aperreado?

JUIZ

> Ela não é a parteira?

QUADERNA

> É!

JUIZ

> Pois é ela quem me acode quando eu estou apertado!

QUADERNA

> Oxente! A parteira? Não me diga que o senhor já pariu algum menino!

JUIZ

> Que pariu que nada, Seu Quaderna! Não é besta não? Dona Júlia é quem me dá a lavagem que me salva, o clister que me destranca, quando estou nos meus apertos! Sem ela, me arrisco até a ter nó na tripa!

QUADERNA

Pensava que nó na tripa fosse doença de pobre! E o senhor toma clister? Nunca pensei que um Juiz passasse por essas coisas!

JUIZ

Pois eu passo e é o jeito! Passo, de três em três dias! Sou um saco de doenças! Tenho uma úlcera de estômago e duas no duodeno! Para o lado do pulmão, caverna é o pau que mais tem! Vivo roncando e tossindo, com laringite, bronquite, asma e catarro-maléfico! Nas pernas, é reumatismo! Nos braços, tenho fraqueza e retração dos tendões, além de mau jeito nos cotovelos. Para o lado do intestino, é onde está o pior! É aquilo que você sabe: paralisia epilética, flatulência, nó na tripa, e aquela prisão de ventre inteiramente trancada, que é presa incomunicável, sem *sursis* nem *habeas corpus*! Só quem relaxa a prisão de ventre que me persegue é Dona Júlia, a parteira!

QUADERNA

Não deixa de ser um parto!

JUIZ

Só ela é quem sabe a receita! Só ela sabe a maneira de cozinhar e a proporção das ervas e substâncias! Ela me dá um clister de mastruço, quenopódio, fedegoso, quebra-pedra, louro, cabeça-de-negro, jurubeba, quina-quina, couro de tamanduá, raspa de unha de preguiça, erva amarga, pinhão-brabo, capeba e casca-sagrada!

QUADERNA

E resolve o aperto?

JUIZ

Bem, resolve! É garantido: tomou, destampou!

QUADERNA

Também, com essa mistura toda, destampa-se até cimento! Pois, Doutor Juiz, se prepare, porque vem chegando, agora mesmo, a parteira do clister! E vem com o advogado, com o Doutor Ivo Beltrão!

JUIZ

Ivo Beltrão? Não fico aqui não, Quaderna! Se Dona Júlia contratou esse doutor-chicaneiro, esse magrelo safado, é que está disposta a tudo! Fique você! Mas se esconda! Ouça o que eles dois conversam e depois me conte tudo! Se a coisa não for difícil, volto e julgo esse desquite! Mas se tudo se complica, vou dar parte de doente!

QUADERNA

De doente?

JUIZ

Sim! Dou parte de doido e passo o cargo ao suplente! Ele, que não tem nó na tripa, que resolva o caso como puder e da maneira mais decente!

Sai. QUADERNA esconde-se. Entram IVO e JÚLIA, ele de toga, ela de vestido vermelho.

JÚLIA

O senhor viu, Doutor? Aquela *quenga* safada está bem aí, na esquina!

IVO

Quem? Que *quenga*?

JÚLIA

Carmelita! O senhor não conhece ela não?

IVO

Não, Dona Júlia! Eu sou um homem casado e não vivo pelo Rói-Couro não! Não sei nem quem é Carmelita!

JÚLIA

Pois ela está ali! Na certa, soube que é hoje a audiência em que se tenta o acordo pra não haver o desquite! É por isso que está ali!

IVO

Mas Dona Júlia, se acalme!

JÚLIA

Me acalme que nada! Essa é a catarina que me roubou meu marido! É a causa do meu desquite! Sabe do que mais, Doutor? Vou acabar com moleza e dar umas tapas na cara dela!

Ivo

    Dona Júlia, que é isso? A senhora dá as tapas, pode tirar sangue nela! Diz o Código Penal que isso é crime! Quem é que se prejudica?

Júlia

    Cadê o Código?

Ivo

    Aqui, olhe!

Júlia

    Me dê! Está bom! É duro, grosso e pesado! Vou jogar na cara dela!

Ivo

    Dona Júlia, pense um pouco! A coisa mais alta e nobre que o homem tem é a lógica! Se todos usassem lógica, o mundo seria outro! Quer fazer esse desquite?

Júlia

    Quero! Meu marido é um peste!

Ivo

    Então sente aí e deixe que eu oriente seu caso! A desmoralização dessa *dama* Carmelita fica para outra vez! Vou obrigá-la a vir cá depor como testemunha! Faço-lhe umas perguntas venenosas, ela vai me respondendo, se irrita, se zanga, diz o que quer e o que não quer, termina se desmoralizando!

JÚLIA

O senhor garante que cita essa catarina? Que ela vem aqui no Cartório e que se desmoraliza na frente de todo mundo?

IVO

Garanto! A questão, Dona Júlia, é a senhora pagar! A senhora me pagando, eu cito até o Diabo!

JÚLIA

Fico muito satisfeita que o senhor me diga isso, porque era exatamente o Diabo que eu ia pedir agora para o senhor citar!

IVO

Oxente!

JÚLIA

Oxente por quê? O senhor não disse que depende de pagamento? Pois eu também digo: o pagamento depende disso! Ou o senhor cita o Diabo, ou eu não lhe pago nada!

IVO

E como diabo é que eu posso citar quem nunca existiu? Dona Júlia, o Diabo não existe!

JÚLIA

Não existe o quê? Como é que não existe, se todo mundo sabe que ele berra, que tem rabo, casco, chifre e que aparece às pessoas?

IVO

Dona Júlia, isso é conversa que as pessoas religiosas inventam para intimidar o Povo e ficarem com prestígio!

JÚLIA

Tenha vergonha, Doutor! O senhor é ateu, é?

IVO

Sou! Eu não já disse que meu Deus é minha lógica? Como é que eu posso aceitar a existência do Diabo, que é a coisa mais sem lógica que existe nesse mundo?

JÚLIA

Ah, quer dizer que ele existe! Pode ser disparatado, mas que existe, isso existe!

IVO

Nada disso! Foi um modo de falar! Eu sou ateu!

JÚLIA

Pois seja ateu ou não seja, hoje, aqui, o senhor vai citar o Diabo!

IVO

Cuidado, o Juiz vem chegando!

JÚLIA

Cuidado? Cuidado, o quê? Se é ele quem vai fazer o que eu quero! O senhor vai requerer, mas quem vai citar o Diabo é ele! *(O JUIZ entra, tateando, e QUADERNA, sem que ninguém o note, sai de seu esconderijo.)* Não tem nada de cuidado! Doutor Rolando Sapo, muito bom dia!

Juiz

A donzela de encarnado!

Júlia

Como é? Donzela o quê? Donzela o quê, Seu Juiz?

Juiz

Não é mais donzela não? Pois diga que resolveu seu problema bem depressa! Eu não já disse que a senhora me esperasse? Fique perto da janela!

Júlia

Não sou donzela nenhuma!

Juiz

É ela! Está de encarnado! Me diga mesmo: a senhora não é a mulher do porco?

Júlia

Sou! O senhor tem razão! Meu marido é um porco, mesmo!

Ivo

Doutor Rolando!

Juiz

De preto? É o caixão! *(Ajoelha-se.)* Pedro Cego, siga em paz o seu caminho pra sua última morada!

Quaderna

Seu Juiz, é o Doutor Ivo! É porque ele está de toga!

Juiz

    Ah, é Ivo! Como vai, Ivo? Onde é que está o defunto?

Ivo

    Que defunto?

Juiz

    Oi, roubaram, foi? Não tem um defunto solto aí pela sala não, Ivo?

Ivo

    Oxente, tem! Que diabo é isso?

Júlia

    É Pedro Cego: esticou a canela! Não havia quem fizesse o enterro dele, eu mandei trazer pra cá!

Ivo

    Vote! No Cartório?

Juiz

    E onde é que está a mulher do porco?

Júlia

    Aqui!

Juiz

    O porco quebrou sua cristaleira?

Júlia

    Nada disso! Era o que faltava! E ele é homem pra isso? Quebro aquela cara cínica! Dou-lhe uma facada na boca e outra no zebescuefe! Era o que faltava! Além de largar a casa ainda quebrar os móveis! Ele não vai mais nem em casa, Doutor! Desde ontem que anda no mundo. Mas hoje ele me paga! Doutor, vim só lhe dizer: nada de conciliar! Me desquite agora mesmo daquele porco safado!

Juiz

Vote! Quer se desquitar do porco?

Júlia

Quero! Não está na Lei? Não sou casada com ele?

Juiz

Com o porco, minha senhora?

Júlia

É!

Juiz

Mas me diga uma coisa: é do porco dessa tal de Carmelita que a senhora está falando, é?

Júlia

É esse mesmo!

Juiz

Tenho ouvido falar, no mundo, de todos os tipos de tara e safadeza, mas como essa agora, nunca! Mulher tarada por porco? É o fim do mundo!

Quaderna

Doutor, a mulher é outra!

Juiz

Espere! Quantas mulheres de porco tem aqui? *(Adélia aparece.)*

QUADERNA

>Duas!

JUIZ

>Todas duas de encarnado?

QUADERNA

>Todas duas de encarnado!

JUIZ

>A confusão vai ser grande! Espere! Onde é que está a mulher de encarnado do primeiro porco?

ADÉLIA

>Sou eu, estou aqui!

JUIZ

>A senhora fique ali! Cadê seu porco?

ADÉLIA

>Está aqui!

JUIZ

>O porco é de Carmelita?

ADÉLIA

>Era, agora é meu!

JUIZ

>É o que vai ser apurado! Muito bem! Onde está a mulher de encarnado do segundo porco?

JÚLIA

>Aqui, sou eu!

JUIZ

>O porco é seu?

JÚLIA

Era! Agora, é de Carmelita!

JUIZ

Então, por que tanta briga? Não tem problema nenhum: Carmelita perdeu um porco lá, recebeu outro por cá, por que tanta confusão?

JÚLIA

Acontece que esse porco que ela recebeu *por cá*, em troca do que perdeu, é meu marido!

QUADERNA

Doutor Rolando, essa aí é Dona Júlia, que veio para a audiência! Não quer mais conciliar: diz que a tal da Carmelita roubou o marido dela! Ele largou a casa ontem!

JUIZ

Ah, é Dona Júlia! Como vai, Dona Júlia?

JÚLIA

Mal, muito mal! E o senhor?

JUIZ

Vou como a senhora sabe!

JÚLIA

Eu comecei meu desquite e as coisas iam mais ou menos quando Frei Roque se meteu. Disse que tem esperança de, como ele diz, "salvar" meu casamento! Disse que ia procurar meu marido para obter que ele deixasse, de vez, aquela mulher desgraçada! Mas foi pior! Até ontem, meu marido pelo menos não tinha abandonado a casa. Com a interferência de Frei Roque, parece que resolveu fugir com a catarina. Digo isto porque desde ontem que Manuel não me aparece, que não pisa lá em casa. Mas conto com o senhor, Doutor Rolando Sapo, para resolver o caso aqui a favor de sua amiga!

JUIZ

Lá vem desordem, Quaderna! Olhe, Dona Júlia, eu tenho que resolver seu caso como os outros, dentro da Lei!

JÚLIA

Ah, é? Pois resolva seus *trancados* de acordo com a Lei, também! De hoje em diante, Doutor, não conte com a garrafada! Se o senhor quer "bancar Anjo", vai "virar Anjo" também! *Mais nada*, entendeu, Doutor? Por nenhuma extremidade! Nem garrafada por cima, nem destrancado por baixo!

JUIZ

Eu não disse que este caso ia acabar em desordem? O que é que a senhora quer que eu faça, Dona Júlia?

JÚLIA

Era o que eu estava dizendo aqui ao Doutor Beltrão! Mas, quando ia explicar tudo, sua chegada interrompeu!

QUADERNA

    Vai se interromper de novo, Dona Júlia, porque seu marido vem chegando aí com Frei Roque!

JÚLIA

    O quê? É possível? Doutor Ivo, me segure, senão faço uma besteira! Dou umas tapas em Manuel!

Entram MANUEL SOUSA e FREI ROQUE. MANUEL é homem bonachão. Acha graça na mulher, JÚLIA, gosta dela a seu modo, mas não pode ver mulher. Não quer se separar, mas também não quer deixar CARMELITA. FREI ROQUE fala com sotaque estrangeiro. É um frade brabo, virtuoso e pitoresco.

IVO

    Dona Júlia, se acalme! Ai!

FREI ROQUE

    (Protegendo MANUEL.) O que é isso, Dona Júlia?

JÚLIA

    O que é isso? O que é isso é que eu vou dar umas tapas no peste do meu marido e vai ser agora mesmo!

IVO

    Isso pode atrapalhar seu direito no desquite! Use a lógica, Dona Júlia!

JUIZ

Olhe a conciliação, Dona Júlia! Isso aqui é uma audiência de conciliação!

JÚLIA

Conciliação, uma peida! Hoje aqui nessa porqueira não se concilia nada! Doutor, me desquite logo aí!

JUIZ

Mas Dona Júlia...

MANUEL

Mas Júlia, por que essa raiva toda?

JÚLIA

Você ainda pergunta, desgraçado? Sem-vergonha! Você que largou a casa?

MANUEL

Eu?

JÚLIA

Você que combinou com Carmelita, aquela desgraçada, pra ela ficar ali, se encontrar com você para virem os dois, juntos, me desmoralizar?

MANUEL

Eu?

JÚLIA

Sim, você que procura me humilhar a cada instante!

MANUEL

Eu nunca pretendi humilhar você, Júlia! Que conversa mais sem jeito!

JÚLIA

>Cachorro, peste, safado! Eu mato esse miserável! Dou-lhe de pau! Quer saber do que mais, Doutor? Me desquite logo, aí!

JUIZ

>Dona Júlia!

IVO

>Doutor Juiz, requeiro a Vossa Excelência que mande tomar por termo todos os motivos que minha constituinte tem pra pedir desquite!

FREI ROQUE

>Ninguém tem motivo nenhum pra pedir desquite nenhum! O casamento só presta na indissolubilidade!

IVO

>O senhor, Frei Roque, é bem contrário ao divórcio...

FREI ROQUE

>Contra o divórcio, nem se fala! Eu sou é contra desquite! A favor do divórcio? Do desquite? Nem morta!

IVO

>Isso é obscurantismo da Igreja Católica!

FREI ROQUE

>É? E a digna progenitora, a mãe, era obscurantista? Hein? Hum? Responda, Doutor Ivo!

IVO

Nada disso vem ao caso! Doutor Rolando Sapo, requeiro que o senhor mande anotar os motivos do desquite! Crueldade mental, vida irregular notória em toda a cidade e, finalmente, abandono do lar!

JÚLIA

Ah, isso aí é o que eu não admito nem posso suportar! O resto ainda ia, a gente se zanga, mas suporta! Agora, isso de ser largada, desmoraliza a mulher! Perguntam: "Quem é aquela?" E os outros respondem: "É a parteira, Dona Júlia, largada pelo marido!" Foi isso que me levou, ontem, a uma decisão. Era o que estava explicando aqui, quando esse peste chegou! Eu fiquei com tanta raiva ontem, Doutor, que fechei um negócio, um pacto com o Diabo!

FREI ROQUE

Dona Júlia, o que é isso? Você é ateu, é?

JÚLIA

Que ateu que nada, Frei Roque! Eu não sei que Deus existe? Quem fez o mundo? Se Deus não existisse, esse mundo era, todo, um disparate! Sou do partido de Deus! Acontece que, o que eu queria, ontem, só era possível com o Diabo! Então, quando foi de noite, botei o medo de lado e fiz um negócio com ele!

Frei Roque

> A senhora perdeu o juízo, foi, Dona Júlia? Perdeu a vergonha? A senhora sabe o que acontece a quem faz pacto com o Diabo? Vai pro Inferno de cabeça pra baixo! Não vai não? Vai! Que negócio a senhora fez com o Diabo?

Júlia

> Fiz um contrato pra o Diabo carregar este nojento, meu marido Manuel Sousa! Eu dava ao Diabo a minha alma, contanto que hoje, bem cedo, ele trouxesse Manuel pra casa e depois carregasse ele, abraçado a Carmelita, todos dois para o Inferno, ali, devagar, na minha vista, queimando os dois pra eu ver! Como o Diabo não fez isso, quero que o Doutor Rolando mande intimar o Diabo pra vir aqui, se explicar!

Juiz

> Eu não disse que isso ia dar em desordem? Quem já viu se intimar o Diabo?

Júlia

> Ou o senhor intima o Diabo, ou se entope, e é de vez!

Juiz

> Dona Júlia, que maldade! Não houve nem sequer um requerimento em termos!

Júlia

> Por isso, não! Doutor Ivo, faça o requerimento!

IVO

> Dona Júlia, isso é um disparate! Eu posso, lá, requerer um negócio sem lógica como esse?

JÚLIA

> Ah, é assim? Pois não lhe pago nem um tostão!

IVO

> Mesmo que eu requeira, o Juiz recusa essa petição, por inepta!

JÚLIA

> Se ele recusar, eu passo a chave nele, de vez! Nunca mais ele abre a porta pro que tem dentro sair! A comida entra por cima, mas não sai pelo vice-versa!

IVO

> *(Embaraçado.)* Doutor Rolando, não tenho outro caminho! Vou requerer! O senhor decida como quiser! Passo a batata quente para suas mãos!

JUIZ

> O azar é meu! E se ao menos a batata fosse batata de purga... Seja como Deus quiser!

IVO

> "Ilustríssimo Senhor Doutor Rolando Sapo, Meritíssimo Juiz de Direito desta Comarca-perdida, competente neste pleito. Júlia Torres Vilar Sousa, aqui domiciliada, boa e famosa parteira, Clisterzeira diplomada, casada já de alguns anos, brasileira desbocada, requer a Vossa Excelência que mande

citar o Diabo pra que ele venha a Juízo! A seu tempo, provará que fez com ele um negócio. E, como não se cumprisse o que lhe tinha pedido em troca de sua alma, quer condenar o Bandido! Que mandem citar o Diabo! Seja na Terra, no Inferno, no fogo do Vento--seco, nas asas do Pensamento! Termos em que, com respeito, se pede deferimento. Taperoá, 24 de Agosto, dia do Diabo! Taperoá, terra seca, de outro nome, Batalhão! Terra de pedras e cabras, de gado, Cobra e algodão! Por seu bastante Advogado, Procurador--assinado, Ivo Caxexa Beltrão."

JUIZ

E eu atendo! Trancado é que não vou ficar! "O Doutor Rolando Sapo, Doutor Juiz de Direito desta Comarca famosa de Taperoá, chamada, Batalhão apelidada, de acordo com a Lei etc. etc. Certifico a todo mundo, do Céu, da Terra, do Inferno, que, atendendo ao requerido da Senhora Júlia Sousa, Clisterzeira--diplomada, ordeno, a qualquer dos dois Oficiais de Justiça que assistem nesta Comarca, que façam citar o Diabo! Que ele venha aqui! Compareça à audiência marcada, sob as penas que a Lei manda!" Tome, cumpra, Seu Quaderna! Que desordem mais danada!

QUADERNA

(À parte.) Pois sim! O Diabo citado! Quem diria uma coisa dessas? Mas era o único jeito de atender

à encomenda e resolver o problema como fora planejado! *(Começa a gritar, agitando numa das mãos o mandado do Juiz, e na outra, uma campa.)* A Caseira e a Catarina ou o Processo do Diabo! Que façam citar o Diabo! Que ele venha para a audiência sob as penas que a Lei manda! O Processo do Diabo! *(De repente, para no limiar da cena e interrompe a saída que ia fazendo.)* Danou-se! Agora vai haver tapa, aqui! Lá vem!

Juiz

(Persignando-se.) Quem é que lá vem, Quaderna? É o Diabo?

Quaderna

Antes fosse! É Carmelita, com navalha e tudo! Ai!

Corre para fora de cena. Entra Carmelita, com uma navalha na mão. O pânico é geral. Somente Frei Roque fica no meio da sala, absolutamente calmo, com as mãos nos quadris. Ele se aproxima de Carmelita.

Carmelita

Frei Roque, não venha não que o senhor se estraga! Estou disposta a cortar a cara até do senhor!

Frei Roque

Carmelita, olhe aqui! Se você for para a igreja vestida como está, com as axilas de fora, não dou comunhão não! E sabe o que é axila? É sovaco! Não é não? É!

Deixe de brabeza, filha! Me dê aqui essa navalha! Hein? Hum? Que é isso? Dê cá! Sim, assim, bonitinha, hein? Obrigado!

MANUEL

(Sem conter o entusiasmo.) Mas ela é muito bonita, não é, Júlia? É formidável!

JÚLIA

O quê, desgraçado?

FREI ROQUE

Calma! Acabem com essas brigas, senão tomo uma providência das minhas! Estou ficando cansado dessas brabezas daqui! Parem, antes que eu me zangue! Carmelita, que história é essa de entrar aqui armada de navalha?

CARMELITA

Vim tomar meu porco!

ADÉLIA

Seu, não, meu! Você me paga o vidro da cristaleira que o porco quebrou?

CARMELITA

Não!

ADÉLIA

Então, o porco é meu!

FREI ROQUE

É mesmo! É dela e acabou-se! Quem deu prejuízo, paga!

JÚLIA

    E o outro porco?

FREI ROQUE

    Que porco?

JÚLIA

    Meu marido! Como é que se resolve o caso dele? Vai ficar pra Carmelita?

FREI ROQUE

    É mesmo! Carmelita, o que foi isso? Você não tinha me prometido que não se metia pro lado dos homens casados?

CARMELITA

    Prometi!

FREI ROQUE

    E como é que, agora, quer tomar Manuel da mulher dele?

CARMELITA

    Mas não sou eu que quero tomar não, é ele que quer ser tomado!

FREI ROQUE

    E por que você não dá logo o fora nele?

CARMELITA

    Não, Frei Roque, assim também é demais! Ele é tão entusiasmado! E depois, tem uma coisa: eu fui violentada, fui estuprada por ele!

FREI ROQUE

    Estuprada? Como? Você não confessou isso, Manuel!

CARMELITA

Logo que eu cheguei de Campina, eu estava, um dia, lá na sala da Pensão de Xandu, quando ele se debruçou na janela e disse: "Mas é muito bonita, ela!" No outro dia, lá estava ele de novo na janela, todo cheio de manejos, com aquele entusiasmo! Esse Manuel é, mesmo, um sujeito impossível!

JÚLIA

Ah, safado!

CARMELITA

Foi assim que começou! Aí, um dia, eu estava lá, perto ali do corredor que leva para meu quarto, não sabe onde é, Ivo?

IVO

Eu? Eu, não!

CARMELITA

Aí, Manuel chegou! Isso é um homem impossível, Frei Roque! Chegou e foi logo dando um cheiro aqui no meu cangote! Fiquei toda arrepiada! E ele começou a se rir e me cheirar... Ô homem impossível! Me abraçou, atracou-se comigo, naquele entusiasmo... E ia dizendo assim: "Ah, Carmelita, minha neguinha!" E ficava cheirando meu cangote! Aí, foi me empurrando, me empurrando, quando eu vi, estava no quarto!

FREI ROQUE

Por que não correu?

CARMELITA

>Ah, Frei Roque, é porque Manuel nunca deu um cheiro no cangote do senhor!

FREI ROQUE

>Vote! Vade retro, Satanás!

CARMELITA

>Se ele desse um cheiro em seu cangote, e depois um ou dois amassados bem carinhosos do jeito que ele sabe dar, o senhor ia ver que isso é um homem impossível! Correr, o quê? Quando eu vi, estava no quarto! Aí, sem ter mais o que fazer, eu caí na cama!

FREI ROQUE

>Caiu?

CARMELITA

>É, Frei Roque, não sei o que é que eu tenho que sempre acontece isso comigo: quando um homem impossível desse dá um cheiro em meu cangote, me dá aquela fraqueza nas pernas, que só vai me deitando! Aí, eu comecei a cheirar o cangote dele, também, e foi aquela agonia, aquela agonia, quando eu vi, estava sendo estuprada! Com aqueles manejos, aquele entusiasmo, aquele carinho todo, não há quem resista! Meu emprego não é esse?

JÚLIA

>Ah, é, não é? Pois, com entusiasmo e tudo, você e ele vão se arrepender, e é aqui, hoje, agora! Está tudo

muito bem: você é nova e bonita, eu já estou velha e estou feia! Ele cheira seu cangote e olha o meu com frieza! Você não trabalha em nada: eu trabalho de parteira! Você é a catarina: eu não passo da caseira! Mas apareceu um fato com o qual você não contava: eu vendi minha alma ao Diabo, que foi citado pelo Juiz e aparece aqui já, já!

CARMELITA

Oxente, pra quê?

JÚLIA

Pra carregar você e esse peste safado pro Inferno!

CARMELITA

O Diabo não vem!

JÚLIA

Ah, vem!

IVO

Vem nada! Ô Dona Júlia, por que a senhora não segue a lógica?

JÚLIA

Que lógica que nada! Se fosse pra ir por lógica meu marido me larga mesmo, que eu estou velha e feia!

MANUEL

Mas Júlia, que besteira, essa! Você não tem nada de velha e feia!

JÚLIA

Vá pra lá, safado ruim! Olhando o mundo com lógica, tudo vira disparate! Agora, se eu deixo a lógica e sigo meu disparate, então fica tudo claro! Eu sou de Deus!

CARMELITA

Se a senhora é de Deus, por que chama o Diabo pra carregar quem também foi sempre dele?

JÚLIA

Foi você quem me meteu nessa encrenca, desgraçada! Pois pode ser que eu me lasque, mas vocês dois vão também! E vai ser aqui, agora! O Diabo já vem chegando e vai carregar vocês!

JUIZ

Meu Deus, meu Deus! Que desordem!

JÚLIA

Pois seja ordem ou desordem, seja disparate ou lógica, já comecei, vou ao fim! Demônio! Pai da Mentira! Dragão cego e venenoso, Cobra cruel e maligna! Já que minha alma eu perdi, venha, e, em troca da minh'alma, execute o que pedi!

A luz baixa. Trovões e relâmpagos. Entra **QUADERNA** *disfarçado de Demônio.* **FREI ROQUE** *é o primeiro a correr, trepando-se num móvel.*

FREI ROQUE

>   Ai! Valha-me Nossa Senhora! São Francisco! São Francisco!

Correm todos, menos IVO e o DOUTOR ROLANDO.

JUIZ

>   Que foi isso? Que barulho! Um vulto escuro! É o caixão?

FREI ROQUE

>   Caixão que nada, Doutor! É o Diabo!

JUIZ

>   Ai!

IVO

>   Amigos, tenham lógica! Isso é uma alucinação!

FREI ROQUE

>   Alucinação como, se eu estou vendo?

JUIZ

>   Eu também estou vendo! Olhe o Diabo ali! *(Aponta para o lado contrário.)*

IVO

>   Eu também estou vendo o Diabo! Mas é alucinação, tenho certeza! É sugestão coletiva causada pelas palavras que Dona Júlia gritou. Vamos por lógica: se o Diabo não existe, como é que pode aparecer?

QUADERNA

Não existe? Não existe o quê, magrelo safado! Vou lhe mostrar como existo! Vou dar uma prova de quem sou, ressuscitando este morto que está aí!

MANUEL

Meu Deus! Se ele conseguir, estou desgraçado!

QUADERNA

Pedro Cego, eu sou o Diabo! Levante-se do seu caixão! Venham, forças infernais, venham, Demônios sangrentos! Que sopre o fogo do Inferno! Juntem-se as Carnes defuntas, os Ossos apodrecidos, e erga-se Pedro Cego do caixão em que repousa!

Novos trovões e raios. A luz baixa. No caixão, PEDRO CEGO soergue-se, com uma lanterninha acesa na boca fechada, para parecer ainda mais com uma assombração de ressuscitado.

IVO

(Ajoelhando-se.) Valha-me Nossa Senhora! Meu Deus, tenha compaixão deste pobre pecador!

QUADERNA

Saia! Saia, Pedro Cego, e vá para seu lugar!

IVO

Ai, meu Deus! *(Corre para junto dos outros.)*

JUIZ

Que foi? É o porco?

MANUEL

Que porco que nada, Doutor! É o Diabo! Ressuscitou Pedro Cego!

CARMELITA

Valha-me Deus!

JÚLIA

Meu Jesus!

FREI ROQUE

São Francisco!

IVO

São Francisco!

JÚLIA

Diabo safado, Diabo ordinário! Por que não carregou meu marido?

QUADERNA

Porque não pude!

JÚLIA

Não pôde? Que Diabo mais safado é esse que não sabe carregar as almas para o Inferno?

QUADERNA

Quando foi que a senhora me encarregou de levá-lo? Quando foi o nosso trato?

JÚLIA

Foi ontem, à meia-noite!

QUADERNA

    Acontece que, nesta hora, ele estava em confissão com Frei Roque! Por isso não tive força para levá-lo para o Inferno!

JÚLIA

    Ele estava com Frei Roque? Que história é essa, Manuel? Você não me deixou, ontem, pra viver com essa catraia?

MANUEL

    Mas, Júlia! Que violência! Não está vendo que eu não ia largar uma mulher tão boa?

JÚLIA

    E por que é que você não foi dormir lá em casa?

MANUEL

    Está aí Frei Roque de prova: estava me confessando!

JÚLIA

    Quem já viu uma confissão entrar pela noite adentro e seguir pelo outro dia?

MANUEL

    Chegamos a um certo ponto em que não foi possível um acordo!

JÚLIA

    Que foi?

MANUEL

    Frei Roque só concordava em me dar absolvição se eu largasse Carmelita. E eu podia lá deixá-la!

CARMELITA

>*(Cariciosa.)* Esse Manuel! Ah homem impossível! Obrigada, amor!

JÚLIA

>Peste! Canalha! E o Diabo? O que é que me diz disso tudo?

QUADERNA

>Digo que vim cá buscá-la! Você me prometeu sua alma e eu vim buscar!

CARMELITA

>Boa, Seu Diabo! Essa tal de Júlia queria me desgraçar! Agora é ela quem vai pro Inferno! E eu me caso com Manuel! Você me dá uma casa, Manuel?

MANUEL

>Você se zanga comigo, Júlia, mas que ela é linda, isso é! É formidável!

QUADERNA

>Está tudo muito bem, mas vim foi pra carregar Dona Júlia! Chegue, Dona Júlia, venha! Com o Diabo, é sempre assim: invocou, apareceu, prometeu, trocou, pagou! A senhora vai pro Inferno e é agora! *(Agarra-a.)*

JÚLIA

>Ai, ai! Seu Diabo, faça um acordo comigo! Me deixe e carregue o Doutor Rolando! Foi ele quem fez sua citação!

JUIZ

Que sacanagem é essa, Dona Júlia? Quem citou fui eu, mas a senhora foi quem fez o requerimento!

QUADERNA

Eu vou pela lei! Contrato é contrato, e a senhora me prometeu sua alma!

JÚLIA

Doutor Ivo, me defenda! Se eu for pro Inferno, como é que vou lhe pagar?

IVO

É mesmo! *(Aproxima-se do DIABO-QUADERNA.)* Pelo que ouvi, o senhor quer levar Dona Júlia por causa do contrato que ela fez, não é?

QUADERNA

É isso mesmo!

IVO

Esse contrato foi feito aqui na Comarca?

QUADERNA

Foi!

IVO

Código Civil, artigo 12: "É competente a autoridade judiciária brasileira quando o réu for domiciliado no Brasil ou aqui tiver de ser cumprida a obrigação."

QUADERNA

É da Lei de Introdução, conheço!

IVO

> Conhece? Então sabe que aqui tem de ser cumprida a obrigação! Portanto, o Doutor Rolando é Juiz competente para o pleito. Reconhece?

QUADERNA

> Reconheço! Mas acontece que o intimado sou eu e meu domicílio é outro!

IVO

> Código de Processo Civil, artigo 148, inciso 1º: "A competência do Juiz se prorroga quando o réu não opuser exceção declinatória de foro." O senhor opôs?

QUADERNA

> Não!

IVO

> Então, Seu Doutor Diabo, Vossa Excelência desculpe, mas acaba de entrar no meu domínio, o da lógica!

QUADERNA

> Esse é meu campo também!

IVO

> Ah, e é? Então, estou em casa, vai ser um duelo de juristas! Vamos por partes. Você precisa de um defensor, de um advogado! Tem dinheiro?

QUADERNA

> Não! Mas posso, aqui, num passe de mágica, conseguir o dinheiro que quiser!

Ivo

> Dinheiro falso! Isso é crime, está no Código Penal! Vá anotando, viu, Doutor Juiz? Dinheiro infernal não serve! Eu digo é dinheiro mesmo, dinheiro do Tesouro do Brasil! Está meio lascado e desmoralizado, mas ainda assim é o que vale, aqui! Tem dinheiro do Brasil? LBC, OTN, essas coisas?

Quaderna

> Desse, não tenho um tostão!

Ivo

> Então, não pode pagar, tem que ser pela Assistência Judiciária! Indique seu defensor para o Juiz nomear! Quem é que o senhor escolhe?

Quaderna

> Belzebu!

Ivo

> Não pode, não está matriculado na Ordem dos Advogados! *(Para o Juiz.)* Doutor, nomeie Frei Roque!

Frei Roque

> Eu? Não, de jeito nenhum! Também não estou matriculado!

Ivo

> Na falta de advogado, pode ser qualquer pessoa!

Quaderna

> Se é assim, Belzebu pode!

Ivo

> A Lei diz "qualquer pessoa". Código Civil, artigo 4: "A personalidade civil do homem começa do nascimento com vida." Belzebu nasceu? Belzebu teve mãe? Passou pelo lugar por onde todos nós passamos, a chamada "porteira do Mundo"?

Quaderna

> Não!

Ivo

> Então não é pessoa, é assombração! Não pode! Nomeie Frei Roque, Doutor!

Frei Roque

> Era o que faltava! Um filho de São Francisco terminar como advogado do Diabo! Não aceito! E se aceitasse era pra ser Promotor, pra fazer a acusação!

Ivo

> Então, nomeie Pedro Cego, que deve ao Diabo o favor da ressurreição!

Juiz

> O senhor aceita Pedro Cego, Seu Diabo?

Quaderna

> Aceito.

Juiz

> Então, está nomeado! Pedro Cego é o defensor!

Ivo

> Vamos então pela lógica. O senhor acha que minha constituinte Dona Júlia contraiu uma obrigação...

Quaderna

> *Acho*, não! Ela me prometeu a alma! Foi um contrato bilateral e tácito, não escrito. Código Civil, artigo 1.079. Concorda, Pedro Cego?

Pedro Cego

> Concordo!

Ivo

> Ah, vamos adiante: "Nos contratos bilaterais, nenhum dos contraentes antes de cumprir sua obrigação pode exigir o cumprimento da do outro." Concorda, Pedro Cego?

Pedro Cego

> Concordo!

Ivo

> O senhor não carregou Carmelita nem Manuel, que foi o que Dona Júlia tinha pedido em troca da alma dela! Se é assim, não pode exigir que Dona Júlia lhe entregue a alma de graça! Seu defensor, como homem inteligente, concorda, Pedro Cego?

Pedro Cego

> Concordo!

Ivo

> Doutor, tendo apresentado as razões, e o defensor da outra parte concordado, peço que julgue a favor de minha constituinte!

Juiz

> Deferido! O Doutor Diabo não pode mais carregar Dona Júlia, que o invocou, pois não cumpriu sua parte no contrato que firmou!

Quaderna

> Ah, é assim? Pois se não pode ir a cliente, carrego o advogado!

Ivo

> Eu não fiz contrato nenhum com o senhor!

Frei Roque

> Mas vai, somente por causa do ateísmo, seu cabra sem-vergonha!

Quaderna

> O senhor, agora, vai ver pra que serve a lógica!
> *(Agarra-o.)*

Ivo

> Minha Nossa Senhora! Um sujeito como eu, levado pro Inferno! Já se viu coisa mais sem lógica? Doutor Frei Roque, me acuda!

Frei Roque

> Eu, não!

IVO

    Pelo amor de São Francisco!

JÚLIA

    Frei Roque, tenha pena do Doutor Ivo!

FREI ROQUE

    Um ateu!

IVO

    Eu me arrependo!

FREI ROQUE

    Ah, bom, assim eu acudo! Diga: "Renuncio ao ateísmo!"

IVO

    Renuncio ao ateísmo!

FREI ROQUE

    Cristo era o Filho de Deus!

IVO

    Cristo era o Filho de Deus! Frei Roque, deixe de ser ruim! Me acuda logo, senão não dá tempo!

FREI ROQUE

    Dá tempo, dá! Diga: "Renuncio a Satanás!"

IVO

    Isso é que é uma coisa sem lógica! É claro que eu renuncio! Satanás é quem não quer renunciar a mim! Ai! Ai!

FREI ROQUE

    Deixe isso comigo!

Salta do lugar onde está, apresenta a cruz de madeira ao DIABO-QUADERNA e vai pronunciando palavras em latim. O DIABO solta IVO e vai recuando.

QUADERNA

    Frei Roque, se é assim, deixe eu carregar Manuel Sousa!

FREI ROQUE

    Concedido!

MANUEL

    Eu estou em confissão!

FREI ROQUE

    Estava! Eu encerro a confissão! Pode levar!

QUADERNA

    (Agarrando MANUEL.) Venha! Agora, eu é que vou dar cheiro no seu cangote!

MANUEL

    Eu não digo que estou sem sorte! Frei Roque, me acuda, pelo amor de Deus! O senhor vai permitir uma esculhambação dessa, esse Diabo safado dando cheiro em meu cangote?

FREI ROQUE

    Não, mas tenho minhas condições! Você renuncia a Carmelita?

MANUEL

> Mas Frei Roque, que lei dura dos seiscentos diabos!

FREI ROQUE

> Dos seiscentos diabos?

MANUEL

> Dos seiscentos anjos, vá lá!

FREI ROQUE

> Ou você renuncia ou se lasca!

MANUEL

> Então, é o jeito! Carmelita, adeus! Adeus, mulher extraordinária! Que lei mais dura, meu Deus! Dar adeus a tudo isso que você guarda aí, a esses dois cabritos, a essa mata, esses frutos, essa romã rachada...

FREI ROQUE

> Renuncia ou não renuncia?

MANUEL

> Renuncio, sim senhor! Mas vá logo, homem de Deus! Lá vou eu!

FREI ROQUE

> Eu já vou na fachada dele! *(Mesma cena, desta vez para livrar MANUEL.)*

QUADERNA

> Ô Frei Roque! Se é assim, se perdi o advogado, a caseira e seu marido, então deixe pelo menos eu levar a catarina! Quero Carmelita! Quero essa mulher

notável só pra mim, deitadinha em minha cama, lá no Inferno!

CARMELITA

Oxente, Seu Diabo! Que Diabo mais safado!

QUADERNA

Quero Carmelita pra mim! Posso levar?

FREI ROQUE

Leve, leve!

CARMELITA

Mas Frei Roque, que maldade! Ai, ai! Frei Roque, me acuda! Me livre, enquanto é tempo! Ai! Me livre, que ele começou a dar cheiro em meu cangote e eu já estou com aquela fraqueza nas pernas! Ai, ai! Que Diabinho mais tarado!

FREI ROQUE

Você promete deixar Manuel?

CARMELITA

Prometo!

FREI ROQUE

Então, lá vai! Fora daqui, Diabo besta! Diabo de meia-tigela! Fora! Fora! *(Tira da cintura o cordão de São Francisco e dá, no DIABO-QUADERNA, uma surra. O DIABO dá um estouro e sai.)* Muito bem! Com a ajuda de São Francisco, a vitória foi completa!

JUIZ

Nunca vi maior desordem!

FREI ROQUE

> Desordem por quê, Doutor? Tudo terminou como devia! Júlia ganhou de volta o marido, Manuel ganhou a mulher, Adélia ganhou seu porco...

CARMELITA

> Mas eu perdi o meu!

JUIZ

> Não seja por isso: a verba que ia ser gasta no enterro de Pedro Cego pode pagar seu porco!

FREI ROQUE

> Então está tudo em paz! Salvamos um casamento e temos agora o nosso Ivo convertido à nossa Igreja!
> *(QUADERNA volta e fica no limiar.)*

IVO

> O senhor não tem vergonha de usar assim o Diabo pra converter os outros não, Frei Roque?

FREI ROQUE

> Que Diabo que nada! Aquilo foi artimanha, foi conchambrança armada por Quaderna pra Manuel voltar pra Dona Júlia! E Dona Júlia estava no mondé!

JÚLIA

> Eu?

FREI ROQUE

> Dona Júlia, eu não sou idiota não, está ouvindo? Aquele era o tal do Dom Pedro Dinis Quaderna, disfarçado de Demônio! Que Diabo coisa nenhuma!

O Diabo é coisa tão séria! Aquele era apalhaçado demais! Primeiro, confesso que fiquei com medo! Mas quando vi o Diabo discutindo, chicanando e futricando, vi logo que era ou um advogado, ou então algum tabelião. Olhei em volta e vi que Seu Quaderna tinha desaparecido. Aí, olhei e descobri: ele se disfarçou todo, mas se esqueceu de trocar a alpercata de rabicho!

JUIZ

Mas Frei Roque, por que não me avisou? Eu quase que me acabo! Doente como sou!

FREI ROQUE

Resolvi aproveitar a armada para salvar o casamento de Dona Júlia e converter o Doutor Ivo! Me digam: não foi isso mesmo?

JÚLIA

Foi! Sabendo da audiência, da confissão de Manuel e da vinda de Carmelita pr'aqui, procurei Seu Quaderna, que imaginou tudo.

IVO

E Pedro Cego?

JÚLIA

Paguei a ele, que concordou em se fingir de morto. O caixão com o enterro dele saiu lá de minha casa. Era preciso um milagre, uma assombração assim, pra acreditarem no Diabo!

Frei Roque

> Isso foi outra coisa que pra mim não funcionou: o Diabo pode, lá, ressuscitar ninguém!

Quaderna

> Mas ninguém sabia disso, e o fato é que funcionou!

Juiz

> Ivo, e você? Mantém sua conversão?

Ivo

> Sabe do que mais, Doutor? Mantenho!

Juiz

> Mesmo depois de saber que foi embuste, conchambrança de Quaderna?

Ivo

> Mesmo assim! A conta que faço é esta: se, depois da morte, não existe nada, eu não perco nada. Se existir, como convertido, saio ganhando! É uma questão de lógica!

Frei Roque

> Pois desse tipo de lógica, Deus gosta e São Francisco também gosta!

Juiz

> A audiência terminou! Vamos pra casa, que eu preciso descansar!

Carmelita

> Eu vou, com a verba do meu porco! *(Baixo, para Manuel.)* Se não era o Diabo, podemos continuar!

MANUEL

(Também baixo.) Maravilha!

CARMELITA

Quaderna, gostei muito daquela maneira de você representar o Diabo! *(Aponta o lugar do pescoço que ele cheirou.)* Apareça!

JÚLIA

Eu fico com o peste do meu marido, com esse bicho miserável que não vale, mesmo, nada!

MANUEL

Eu, com minha Santa Júlia, meu tesouro, minha amada!

FREI ROQUE

Eu saio com mais um serviço prestado a São Francisco!

QUADERNA

Eu e Pedro Cego com o dinheiro que ganhamos tão honestamente! Concorda, Pedro?

PEDRO CEGO

Concordo!

JUIZ

Muito bem, todos lucraram! Adélia ganhou seu porco; Dona Júlia, seu marido; Carmelita, sua verba; Ivo ganhou sua fé; Frei Roque ganhou uma alma para a Igreja; Quaderna e Pedro Cego, dinheiro; Manuel, ganhou a mulher; e eu, ganhei o direito de destrancar o trancado, de tomar minhas lavagens, o purgante retrospectivo, o indispensável clister!

QUADERNA

Nobres Senhores e belas Damas, o espetáculo terminaria aqui. Mas, tendo o Primeiro Ato terminado com música, e o Segundo também, para não haver uma queda na alegria geral, peço a todos os atores que cantem de novo o Hino comigo. E, enquanto soa a música, eu peço do público a melhor recompensa que um autor, um encenador e atores de teatro podem receber: o seu aplauso. *(Música. Hino, que todos cantam.)*

PANO.

Recife, 31 de dezembro de 1987.

Nota Biobibliográfica
Carlos Newton Júnior

Poeta, dramaturgo, romancista, ensaísta e artista plástico, Ariano Vilar Suassuna nasceu na cidade da Paraíba (hoje João Pessoa), capital do estado da Paraíba, em 16 de junho de 1927. Filho de João Urbano Suassuna e Rita de Cássia Vilar Suassuna, nasceu no Palácio do Governo, pois seu pai exercia, à época, mandato de "Presidente", o que correspondia ao atual cargo de Governador. Terminado seu mandato, em 1928, João Suassuna volta ao seu lugar de origem, o sertão, fixando-se na fazenda "Acauhan", no atual município de Aparecida. Em 9 de outubro de 1930, quando Ariano contava apenas três anos de idade, João Suassuna, então Deputado Federal, é assassinado no Rio de Janeiro, vítima das cruentas lutas políticas que ensanguentaram a Paraíba, durante a Revolução de 30. É no sertão da Paraíba que Ariano passa boa parte da sua infância, primeiro na "Acauhan", depois no município de Taperoá, onde irá frequentar escola pela primeira vez e entrará em contato com a arte e os espetáculos populares do Nordeste: a cantoria de viola, o mamulengo, a literatura de cordel etc. A partir de 1942, sua família fixa-se no Recife, onde Ariano iniciará a sua vida literária, com a publicação do poema "Noturno", no *Jornal do Commercio*, a 7 de outubro de 1945. Ao ingressar na Faculdade de Direito do Recife, em 1946, liga-se ao grupo de estudantes que retoma, sob a liderança de Hermilo Borba Filho, o Teatro do Estudante de Pernambuco (TEP). Em 1947, escreve a sua primeira peça de teatro, a tragédia *Uma Mulher Vestida de Sol*. No ano seguinte, estreia em palco com outra tragédia, *Cantam as Harpas de Sião*, anos depois reescrita sob o título *O Desertor de Princesa* (1958). Ainda estudante de Direito, escreve mais duas peças, *Os Homens de Barro* (1949) e o *Auto de João da Cruz* (1950). Em 1951, já formado, e novamente em Taperoá, para onde vai a fim de curar-se do pulmão, escreve e encena, com mamulengos, o entremez *Torturas de um Coração*. Esta peça em um ato, seu primeiro trabalho ligado ao cômico, foi escrita e encenada para receber a sua então noiva Zélia de Andrade Lima e alguns familiares seus que o foram visitar. Após *Torturas*, escreve mais uma tragédia, *O Arco Desolado* (1952), para então dedicar-se às comédias que o deixaram famoso: *Auto da Compadecida* (1955), *O Casamento Suspeitoso* (1957), *O Santo e a Porca* (1957), *A Pena e a Lei* (1959) e *Farsa da Boa Preguiça* (1960). A partir da encenação, no Rio de Janeiro, do *Auto da Compadecida*, em janeiro de 1957, durante o "Primeiro Festival de Amadores Nacionais", Suassuna é alçado à condição de um dos nossos maiores dramaturgos. Encenado em diversos países, o *Auto da Compadecida* encontra-se editado em vários idiomas, entre os quais o alemão, o francês, o inglês, o espanhol e o italiano, e recebeu, até hoje, três versões para o cinema. Em 1956, escreve o seu primeiro romance, *A História do Amor de Fernando e Isaura*, que permanecerá inédito até 1994. Também em 1956, inicia carreira docente na Universidade do Recife (depois Universidade Federal de Pernambuco), onde irá lecionar diversas disciplinas ligadas à arte e à cultura até aposentar-se, em 1989. Em 1960, forma-se em Filosofia pela Universidade Católica de Pernambuco. A 18 de outubro de 1970, na condição de diretor do Departamento de Extensão Cultural da Universidade Federal de Pernambuco, lança oficialmente, no Recife, o Movimento Armorial, por ele idealizado para realizar uma arte brasileira erudita a partir da cultura popular. Passa, então, a ser um grande incentivador de jovens talentos, nos mais diversos campos da arte, fundando grupos de música, dança e teatro, atividade que desenvolverá em paralelo ao seu trabalho de escritor e professor, ministrando aulas na universidade e "aulas-espetáculo" por todo o país, sobretudo nos períodos em que ocupa cargos públicos na área da cultura, à frente da Secretaria de Educação e Cultura do Recife (1975-1978) e, em duas ocasiões, da Secretaria de Cultura de Pernambuco (1995-1998 / 2007-2010). Em 1971, é publicado o *Romance d'A Pedra do Reino e o Príncipe do Sangue do Vai-e-Volta*, um longo romance escrito entre 1958 e 1970, e cuja continuação, a *História d'O Rei Degolado nas Caatingas do Sertão – Ao Sol da Onça Caetana*, sairá em livro em 1977. Na primeira metade da década de 1980, lança dois álbuns de "iluminogravuras", pranchas em que procura integrar seu trabalho de poeta ao de artista plástico, contendo sonetos manuscritos e ilustrados, num processo que associa a gravura em offset à pintura sobre papel. Em 1987, com *As Conchambranças de Quaderna*, volta a escrever para teatro, levando ao palco Pedro Dinis Quaderna, o mesmo personagem do seu *Romance d'A Pedra do Reino*. Em 1990, toma posse na Academia Brasileira de Letras, ingressando, depois, nas academias de letras dos estados de Pernambuco (1993) e da Paraíba (2000). Faleceu no Recife, a 23 de julho de 2014, aos 87 anos, pouco tempo depois de concluir um romance ao qual vinha se dedicando havia mais de vinte anos, o *Romance de Dom Pantero no Palco dos Pecadores*.